ビタートラップ

Bitter trap

Ryoue Tsukimura

月村了衛

実業之日本社

ビタートラップ

1

全裸の若い女がベッドの上で泣きじゃくっている。一向に泣きやむ気配はない。同じく全裸の並木承平《なみきしょうへい》は、ベッドの端に腰を下ろした恰好《かっこう》で途方に暮れるばかりであった。

枕頭《ちんとう》の目覚まし時計は午前一時十三分を指している。その夜の行為をお互い楽しく終えた後のことだ。

「なあ慧琳《えりん》、なんで泣いているのか、理由くらい教えてくれたっていいだろう」

うんざりとした思いで並木は中国人の恋人に問いかけた。もう何度目になるか分からない。

「さっきまであんなに仲よくやってたってのに、いきなり泣き出したりしてさ。なんなんだよ、一体。ぼく、なんか気に障るようなことでもしたっけ」

だが女はシーツに突っ伏したまま顔も上げない。

女の名は黄《こう》慧琳。並木の行きつけの中華料理店『湖水飯店《こすいはんてん》』でアルバイトをしている留学生である。

「おい、いいかげんにしてくれよ。ぼくは明日も役所なんだ。もう寝ないと明日の会議に――」

突然起き上がった慧琳が、並木の目の前に一枚の写真を突きつけた。

「これがどうしたって言うんだよ」

浮気の現場写真などではない。かつて並木の実家があった長野の風景写真である。

同じような写真が枕元に何枚も散らばっている。並木自身がピロートークのために用意したもので、子供の頃の思い出話でも聞かせようと押し入れから引っ張り出しておいたのだった。

それを見せられたとき、慧琳は驚いたように目を見開き、自分の故郷にそっくりだと呟《つぶや》いた。

興味を惹《ひ》くのに成功したかと思い、次々と見せている最中に突然ぼろぼろと涙をこぼして泣き出したというわけである。

「わたしの故郷、とても似ている。どこからでも山が見えて、とてもきれい」

「それはさっきも聞いたよ……あっ、そうか、もしかしてホームシックってやつか」

すると首を左右に振って再び突っ伏してしまった。どうやら違っていたらしい。

「ちょっとさあ、泣いてるばっかじゃ分かんないって。頼むから理由くらい教えてよ」

慧琳は上半身を起こしてベッドの上に正座し、意を決したように話し出した。

「わたし、祖国の命令であなたに接近しました」

「はい？」

「わたしは中国のハニートラップなんです」

すぐには理解できず、相手の顔をまじまじと見つめる。決して美人ではない。銀座の高級クラブよりは中華屋のバイトが似合っている。どこにでもいるような素朴な容貌だが、それだけに親しみやすい愛嬌《あいきょう》がある。現に並木は、彼女の生活感あふれる佇まいや気立てのよさが気に入っていた。

こうして間近で観察しても、男を蕩《とろ》かすような妖艶《ようえん》さとはほど遠い。しかし彼女の目は真剣そのものであった。

「ちょっと待ってくれ。それは冗談かなんかなの？」

「冗談でこんなこと言えないよっ」

恐ろしい剣幕で怒られた。

「じゃあ、湖水飯店でバイトしてるのは擬装だって言うの」

「あっちの方が本業です。バイトだけど。中国人は国の命令には逆らえません。法によって義務化されているんです」

「なんて法？」

「よく知りません。役人がそう言ってました」

慧琳は大真面目《おおまじめ》に答える。

「ほんとです。ほんとにあるんです。断るといろいろ社会的に不利になるんです。家族や親戚が酷《ひど》い目に遭うことだって……」

週刊誌でそういう報道を読んだことを並木はおぼろげながらに思い出した。スパイの中でも、素人《しろうと》である使い捨ての自国民は『運用同志』と呼ばれるという。

「君、ハニートラップとか言ったよね」

「はい」

「ハニートラップってあれだろ、政府や大企業の重要人物を色仕掛けでたぶらかして、極秘機密を奪い取るとか」

「そうだと思います」

「確かに外務省とか防衛省とかじゃよくあるって話は聞くよ。でもさ、ぼくだって役人には違いないけど、農林水産省の下っ端だぜ。しかもノンキャリの係長補佐だ。将来もたかが知れてるし、機密事項にも縁がない。全然重要人物なんかじゃないぞ」

「でも、そう命令されたんです。あなたに接近して、誘惑しろって。でも、並木さん、優しいし、いい人だから、段々ほんとに好きになって……そんなとき、あんな写真見せるから……わたし、もう、耐えられなくなって……」

また声を上げて泣き始めた。

並木はにわかに肌寒さを覚え、自分達が裸であったことを思い出した。

「ちょっと待って、なんだか寒くなってきた」

床に脱ぎ捨ててあったパンツを穿《は》き、スウェットの上下を着る。慧琳もしゃくり上げながら緩慢な動作で下着とデニムパンツ、ニットを身につけた。

近くに転がっていたティッシュの箱を取り上げたが、思い直してプラスチックの衣装ケースから新しいタオルを取り出し、慧琳に渡す。

「これ使えよ。ティッシュじゃ足りなそうだし」

無言で受け取った慧琳がタオルで顔中を拭う。

「さて、と」

ベッドの横に座り込んだ並木は、改めて恋人――と言っていいのかどうかもすでに分からない――に問い質《ただ》す。

「ちょっと整理させてくれ。君は留学生で中華屋のバイト」

「はい」

「年齢は二十四。出身は河北省《かほく》。家族もそこに住んでいる」

「はい」

「同時に中国のスパイでもあると」

「はい」

「頭が痛くなってきた」

並木は実際にこめかみを押さえ、

「付き合ってる女がスパイ、しかもハニートラップだなんて……そんなの、信じられるわけないだろ普通」

「わたしがどんな思いで打ち明けたと思ってるんですか」

猛烈に抗議された。

「黙ってればいいのに、そんなの嫌だから打ち明けたんです」

「だからさ、だからどうして……」

「言ったじゃないですか、並木さんのこと、本気で好きになったって」

「そこだ、そこがリアルじゃないんだ」

「並木さんはわたしのこと、どう思ってるんですか」

女が膝でにじり寄ってきた。

「好きだって言ってくれたじゃないですか。あれは嘘《うそ》だったんですか」

「いや、そんなことは……」

そう言いかけて気がついた。

「おい待てよ、ずっと嘘をついてたのは君の方じゃないか」

「だから苦しかったんです、ずっと、ずっと……」

唇を嚙《か》み締めて俯《うつむ》く慧琳に、並木は混乱する一方だった。

嘘をついているとは思えない。一方で、嘘をつくのがスパイの本領だ。涙くらいは平気で流すが、情には決して流されない――と何かの映画で観《み》たように思う。そもそもハニートラップの女が相手に正体を打ち明けるなど、どう考えても常軌を逸している。

この女は現実と空想の区別がつかない、なんらかの病気なのではないか。そんなふうにさえ思えてきた。

「大体さ、中国がぼくにハニートラップを仕掛けて一体なんのメリットがあるっていうんだよ」

「あなたの持ってる原稿です」

「原稿？」

「栗原《くりはら》さんが上海《シャンハイ》に出張したとき、張《ちょう》さんから原稿を渡されたはずです。今はあなたが持っていると聞かされました」

栗原とは自分の上司である栗原太三郎《たさぶろう》課長のことだ。

思い出した——確かに原稿を預かっている。

栗原が上海に出張したのはもう一年以上も前のことである。そのとき栗原は現地の有力者で友人でもある張建勲《けんくん》氏から小説の原稿を渡された。「君は日本の出版社に知人がいるそうだから、よかったらこれを読んでもらってくれないか」と。栗原は快く引き受けて帰国したが、知人の出版社編集長はとっくに退職して故郷に帰ってしまっていた。困った栗原は部下の並木のところへやってきた。並木はかつて、「自分の大学の同期にも出版社に勤めている奴がいる」と何かの宴席で栗原に話したことがあったのだ。そこで栗原は、「そいつに読んでもらってくれ」と並木に原稿を押しつけたというわけである。

「……そこまではなんとか調べ上げたそうです。わたしが命じられたのは、並木さんが出版社の友人にまだ原稿を見せていないかどうか慎重に確認した上でそれを奪えということでした」

「あんな原稿を？　中国が？」

「あんなって、並木さんはもう読んだんですか」

「いいや。だってぼく、中国語なんてできないし……で、一体何が書かれているの」

「わたしも知りません。そういうことは知らされないものだそうです」

「へえ、そうなの」

「で、もう見せたんですか、どうなんですか」

「見せるどころか、どこにしまったかさえ覚えてない」

「えっ」

「ちょっと待って、今探してみるから……」

並木は立ち上がって押し入れの襖《ふすま》を開けた。乱雑に押し込まれていた段ボールを一つ一つ取り出し、中身を調べる。

「あった、これだ」

五分後、古いノートが詰まった箱の一番上に載せられていた原稿の束を発見した。大きなクリップで留められている。A４の用紙で厚さは二センチ弱といったところか。

すぐにぱらぱらと捲《めく》ってみる。大半はプリンターから打ち出されたものだが、中には手書きの草稿も混じっていた。アイデアメモらしきものや、何かの図表まである。

「なんだろう、これ」

「一番上のには『干旱《ガンハン》』という題名がありますね。あ、ガンハンは『日照り』の意味です」

横から覗《のぞ》き込んだ慧琳が最初の数行を訳して読み上げる。

「〈その朝、目覚めたときから男は不機嫌だった。窓から差し込む暑い日差しに起き上がる気にもなれない。寝そべったまま、昨夜の罵り合いについて思いを巡らせる〉……やっぱり小説みたいですね」

他にも題名の付いたページがいくつかあった。してみると短編小説集なのだろうか。

「もうちょっと読んでみてくれよ」

「いいですけど」

慧琳に原稿の束を渡す。

しばらく目を通していた慧琳は、うんざりしたように突き返してきた。

「つまらない小説。しかも書きかけですよ、これ。他のも似たり寄ったりっていうか」

「そんなのをどうして中国が欲しがってるんだよ」

「だからわたしに聞かれても……それより！」

いきなりトーンが上がった。

「わたし、必死の思いで打ち明けたんですよ」

「え、だから？」

「だからどうするかですよ、これから」

「どうするって言われても……」

並木は口ごもらざるを得ない。

「なんか、こう、実感が湧かないって言うか……」

「わたし達、二人とも殺されるかもしれないってのに」

「えっ、誰に」

「中国にです。国家安全部だと思いますけど、たぶん」

「たぶん？」

「自分でそう言ってましたから」

「誰が」

「鄭《てい》という男です。わたしに命令してきたスパイの偉い人です」

「本物なの、そいつ」

「それは間違いないです。この仕事をやるようになって、それまで何もしてくれなかった大使館が、いろいろ便宜、図ってくれるようになりましたから」

そこで今さらながらに動揺し、

「ちょっと待て、君は今まで他の男にもハニートラップを仕掛けてたのか」

「なんてこと言うんですかっ」

側《そば》にあったクッションでバンバンと叩かれた。

「やめろよ、やめろったら」

並木は慧琳からクッションを取り上げて、

「だってハニートラップってそういうもんだろ」

「わたし、これが最初の仕事なんです。ほんとです」

「でも、ぼくだから引き受けたわけじゃないだろ。相手を知らずに引き受けたんだろ」

慧琳はまたも俯いてしまった。

「それは、そうだけど……でも、今は並木さんが大好きなんです……」

弁解としてもさすがに苦しい。

だがその姿を見ていると、それ以上問い詰める気にはなれなかった。

「秘密を知った者、漏らした者は消される。裏切り者も消される。映画とかでよくあるアレ？」

「そう」

「あれって、ほんとにあることなの？」

「ありますよ。さっきもニュースでやってたじゃないですか」

「えっ、どんなニュース」

「ロンドンでロシア人が暗殺されたって」

「ああ……」

そう言えばそんなニュースが流れていた。しかし自分とは縁もゆかりもない、遠い世界の話としていつものように聞き流していた。

まさか自分が当事者になってしまうなんて——いや、まだ事実だとは——

「秘密を漏らしたら殺されるんだよね」

「ええ」

「だったら、君が言わなかったことにして、二人で黙っていればいいいんじゃないか。少なくとも、当分はそれでしのぐしかないよ」

「そうですね……それしかないですね……」

よく見ると、慧琳の顔色はこれまで見たこともないほどに蒼《あお》ざめている。やはり嘘とは思えない。

「でも、鄭からは早く原稿を奪えと催促されてるんです」

「じゃあ、こんなのさっさと渡してやればいいじゃない」

「でも、そしたらわたし、並木さんとお別れしなくちゃならなくなります」

その言葉に、並木は自分でも驚くほど困惑していた。

「え、それは……そうか、でもさ、ちょっと……」

「どうしたんですか」

「ともかく、表面的には今まで通りの交際というか、生活を続けて時間を稼ごう」

「はい」

「今日はもう寝よう。疲れて頭が動かない。ぼくは明日も出勤なんだ」

「あの、わたし、今日は帰った方がいいですよね？」

慧琳は近くにアパートを借りている。最寄《もよ》りの門前仲町駅を中心に、並木のマンション、慧琳のアパート、そして湖水飯店はいずれも徒歩圏内にある。

「そうしてくれるかな。悪いけど」

「いいの。気にしないで」

ジャンパーを羽織った慧琳は、か細い声で「おやすみなさい」と言い残し、バッグを持って出ていった。

2DKの玄関に立ち尽くし、慧琳の閉めたドアをぼんやりと眺め続ける。

体の冷えを覚えても、並木は依然として実感を持てずにいた。

2

翌朝はすっかり寝過ごした。ほとんど眠れなかったのだから当然である。朝食をとる暇さえなく急いで部屋を出た。

門前仲町から東西線で茅場町、そこから日比谷線に乗り換えて霞ケ関へ。いつものルートで地下鉄に揺られながら、まったくはっきりしない頭で考えた。

並木承平、三十三歳。特技も趣味も特になし。容姿も知力も腕力もまあ人並みといったところ。強いて言えば平凡さが最大の特徴。自分自身がそれを肯定しているから不満はない。そして、バツイチ。妻と離婚したのは三年前。二人とも精神的に未熟であった——というのは並木だけの言い分で、妻に言わせると精神的に幼稚だったのは並木一人であるらしい。実際、離婚も妻の方から唐突に言い出された、つまり三行半《みくだりはん》を突きつけられた恰好だ。

ともかく離婚して門前仲町のマンションに引っ越した。自炊はしない。というよりできない。

必然的に周辺の飲食店で食事を賄《まかな》う機会が多くなる。中でも頻繁に足を運んでいたのが湖水飯店だった。特に有名店というわけでもない普通の中華屋だが、麺《めん》類がことのほか並木の口に合ったのだ。

ある日、湖水飯店に新しいバイトが入った。それが黄慧琳であった。

元気があって、愛想がいい。いつもにこにこしていて、誰に対しても優しく接する。感じのいい娘《こ》だなというのが第一印象だった。とは言え、それ以上ではなかったように思う。最初は特に気にもしていなかったのだが、なにしろよく行く店であるから、なんとなく会話するようになった。

日本語があまりにうまいので「どこで習ったの」と訊《き》いたのが最初だったか。そのときの返答は、日本語専門学校で懸命に学んだということだった。本来は欧米への留学を希望していたが、仲介業者の手数料が高くてとても払えず、日本の私立大学で経済学を学んでいるとも言っていた。「偉いねえ、感心だねえ」という、凡庸且つ失礼、何より年寄り臭い感想を告げたような気がする。

普通だったらそこで終わってしまうのだろうが、あるときチャーシュー麺を注文したら「はい、チャーシュー麺大盛り」と厨房《ちゅうぼう》に向かって声を上げた。「え、あの」慌てて訂正しようとしたら、「サービスね」とこっそりウィンクしてくれた。そのウィンクがことのほかチャーミングだったのだ。胃袋はまだまだ活発な方だから、そのサービスはありがたかった。

その翌日、駅前ですれ違ったとき、お礼と称してお茶に誘ってみた。束《つか》の間《ま》躊躇《ちゅうちょ》していたが、応じてくれた。入ったのはすぐ側にあったごく普通のドトールで、二人とも一番安いコーヒーを注文した。思いついて、彼女のためにモンブランを一個追加した。こちらが驚くほど喜んでくれた。

そこでどんな話をしたのか、もう覚えていない。おそらく互いの身の上話でもしたのだろう。気がついてみると、いつの間にか付き合うようになっていた。

中国人留学生という存在に対して、並木にも先入観はある。少なくとも〈日本人ではない〉という意識は常にある。しかし慧琳は、一緒にいて実に楽しい気分にさせてくれる女だった。さほど真剣な気持ちでなかったせいか、並木は気楽に彼女と接することができた。

なのに、それが――

昨夜の慧琳の告白が事実であるとすれば、その出会いもあらかじめ仕組まれていたということになる。

つまり、自分が湖水飯店によく足を運んでいることを突き止めてから、そこへ慧琳を送り込んだのだ。彼女を選んだのも、自分の女の好みをなんらかの方法で調べてのことかもしれない。

スマホで「ハニートラップ」について検索してみる。実際に起こった事件がこれでもかというほどわらわら出てくる。やはり本当にあるものらしい。しかも積極的にその手法を用いているのはロシアと中国だということだ。

また昨夜慧琳が言っていた「法律」とは、どうやら『国家情報法』であるらしいということも分かった。すなわち〈中国人はいつどこにいようとも、政府に命じられたらスパイでもなんでもやらなければならない〉という法律だ。

調べれば調べるほど嫌な気分になってくる。スマホを操作していた指がある記事で止まった。それは、ハニートラップの女との情事を撮影され、自殺した外交官の記事だった。

もしかしたら自分も――

髪の毛が逆立つとはこのことだ。急いで［盗撮カメラ　盗聴器　発見装置］で検索する。大量に出てきた。しかも意外と安価である。

地下鉄が霞ケ関駅に到着した。並木はスマホをポケットにしまい、農林水産省の入っている合同庁舎1号館に向かった。並木の所属は食料産業局総務課である。

いつもと同じようにふるまいながらパソコンに向かい、仕事に取り組む。係長補佐である並木が早急にこなさねばならない仕事は、新人の上げてきた報告書の確認くらいである。誤字はないか。官僚文書として不適切な箇所はないか。上司が後で責任を追及されかねないような事実は記されていないか。大まかにチェックする。厳密である必要はない。並木が担当するのは第一段階のチェックだ。どうせ上司やさらにその上の人達の目に晒《さら》され、最終的には無味無臭の作文と成り果てる。ここで完璧を期しても無意味なだけだ。

つまりはやりがいも何もない、ただ時間を潰すためだけの誰にでもできる作業である。しかし同時に、中間管理職の末席見習いがやるべき厳然たる業務であることも間違いなかった。

表面的には熱心に、それでいて内面は漫然と取り組める作業であるのを幸い、並木は昨夜の告白についての検討を頭の中で再開した――というより、そのことで頭がいっぱいになっていて仕事などまともにできる状態ではなかった。

彼女だと思っていた女がハニートラップ——

いや待て。

自分は本当に慧琳を彼女だと思っていたのだろうか。

いつかは帰国するだろうからと、後腐れのない女としてしか見ていなかったのではないか。

そんなことはない、とは到底言えない。現に自分は、慧琳との将来を思い描いたこともなかったし、今後もそのつもりはまったくない。

いやいや、今はもっと別のことを考えるべきだ。

慧琳が母国のスパイというのは本当なのか。それこそ彼女の策ではないのか、自分と入籍させるための。

いやいやいや。それこそ意味が分からない。そんな危ない女と一緒になろうという男などいるわけがない。

だとすると彼女の妄想か。むしろそっちの方がありそうな気がする。

いずれにしても考えるほどに怖くなってくるし、同時に未《いま》だ信じられずにいる自分を意識せずにはいられない。

何回思い起こしても、昨夜のアレは演技とは思えなかった。演技がスパイの得意技だとしても、そんな演技をする意図が皆目分からない。

待て待て待て。昨夜自分は、自らあの原稿の在処《ありか》を探し出して彼女に見せたばかりか、まだ誰にも読ませていないことまで教えてしまった。それこそ、彼女が受けたという指令の通りではないか。

迂闊《うかつ》だった……というより間抜けだった。それが目的だと教えられていながら、わざわざ全部教えるなんて。〈思う壺《つぼ》に嵌《は》まった〉としか言いようがない。

彼女にはマンションの合鍵まで渡してある。こうしている間にも、原稿は持ち去られているかもしれない。そして慧琳が湖水飯店に出勤することは二度とない――

誰かに相談できればいいのだが、こんなことを打ち明けられる人物などいようはずもなかった。それでなくても交友関係は狭い方である。最も困るのは職場関係の人間に知られることだ。ハニートラップ云々《うんぬん》が事実にせよ妄想にせよ、下手《へた》な勘繰りを招くことだけはなんとしても避けたい。職場の噂話《うわさばなし》はあっという間に広まる。自分がこの先ずっと――最悪定年まで――嘲笑の対象になるなど考えたくもなかった。

「並木さん」

突然背後から呼びかけられ、驚いて振り返る。部下の佐古田《さこた》だった。

「どうしたんですか。目が赤いですよ」

「目？　ああ、ゆうべよく眠れなくて」

「ソシャゲでもやってたんじゃないですか」

「知ってるだろ、俺、そういうの嫌いだから。それよりなに？」

「あ、これ、係ごとの来期シフト案ですけど」

佐古田が手にした書類を差し出してくる。

「そんなのファイルで送ってよ」

「は？　会議で配るんで仕上がりの感じが見たいって言ったの、並木さんですよ」

「ああそうだった、すまない、ありがとう」

書類を受け取り、精一杯の作り笑いを浮かべる。

気味悪そうに首を傾《かし》げながら佐古田は自席へと戻っていった。

並木は平静を装ってパソコンに向き直る。

落ち着け、いつも通りにしてればいいんだ――

自らに何度言い聞かせても不安は去らない。モニターに表示されている内容は最早一片たりとも頭に入ってこなかった。

唐突に閃《ひらめ》いた。

問題の原稿である。あれを栗原課長に返すのだ。慧琳が本当にハニートラップであろうとなかろうと、これで問題の原因が消滅する。

昼休みを待って、栗原課長のデスクに駆け寄った。幸い栗原はまだデスクを離れてはいなかった。

「おう、並木か。どうした、相変わらず冴《さ》えない顔して」

持ち前の豪快且つ無遠慮な物言いで、快く応対してくれた。

「あの、課長、以前お預かりした原稿があったでしょう」

「原稿？　なんだそれ」

　案の定忘れている。

「課長が上海のご友人から預かったっていう小説の原稿ですよ」

　栗原はようやく思い出したらしく、

「ああ、そう言えばあったたな、そんなの……で、それがどうかしたか」

「ぼくがお預かりしてるんですよ」

「そうだっけ」

「そうですよ。出版社の人間に見てもらってくれと頼まれて。実は未だに渡せずにおりまして、まことに申しわけなく、それで一旦——」

　本題を切り出そうとする前に、栗原は声を潜めて並木の話を遮った。

「あの原稿を書いた張さんな、半年ほど前に亡くなったよ」

「えっ」

「上海蟹《がに》の養殖池に浮かんでるのを発見されたんだ。事故だよ。夜中に酔っ払って足を滑らせたらしい。水死なんだけど、蟹に全身食われて目を背けたくなるような酷いありさまだったたって。張さんは下戸《げこ》のはずなんだが、宴会かなんかで無理して飲んだんだろうなあ」

　栗原は柄にもなく殊勝な口調で、

「原稿のことを忘れてたのは不徳の限りだ。ちょうどいい、並木、改めて頼む。出版社の人にちゃんと読んでもらってほしい。その上で出版できそうなら、張さんにとってこれ以上の供養はない」

「はあ、そうですね」

「よし、頼んだぞ並木」

「はい……」

もう「原稿を返したい」とは言えなくなってしまった。

並木はやむなく自席へと引き返したが、新たな疑問が頭の中で渦巻いていた。

張建勲が死んだ――本当に事故なのだろうか――

震えが来た。現実感が遠のいて、代わりに明確な恐怖が押し寄せる。

あの原稿を書いたせいで殺されたのだとしたら、自分達も本当に――

スマホをつかんで廊下に出る。エレベーターホールに向かっていると、反対側から歩いてきた部下の若い女性職員に声をかけられた。

「あ、並木補佐、ランチですか」

「まあね」

「いつも外食ですね」

「だって弁当とか面倒だし」

「彼女に作ってもらえばいいじゃないですか。中華屋でバイトしてるんでしょう」

すれ違う瞬間にそう言われ、並木は飛び上がりそうになった。実際に少し飛び上がっていたかもしれない。

「根本《ねもと》さんっ」

「はい？」

女子職員が怪訝《けげん》そうに振り返る。

「君、どうしてそのこと知ってんのっ」

「そのことって？」

「その……彼女のことだよ」

「留学生の慧琳ちゃんでしょ」

今度は本当に飛び上がった。

「だからどうして君が知ってるんだよ」

根本はおかしそうに笑い、

「この前、飲み会で並木さん、みんなに自慢してたじゃないですか。ぼくにも若い恋人ができた、中国人留学生の慧琳ちゃんだって」

言われて思い出した。その通りだ。

「もしかして、もう別れちゃったとか？」

「いや、そんなことはないんだけど……彼女とは同棲《どうせい》してるわけじゃないし……」

「あ、そうだったんですか。だったら弁当作りに来いとか言えませんよね。今時そんなこと女の子に言ったらドン引きですよね」

「そうだよ、ドン引きだよ」

「すみません、変なこと言って。それじゃ」

軽く頭を下げて根本は去った。

並木はエレベーターホールに走り、下へ向かうボタンを押す。

合同庁舎の外へ出て、周囲に人がいないのを確認する。それから並木はスマホの発信ボタンを押そうとして、寸前でやめた。

電話をかけようとした相手は大手出版社に勤める大学時代の友人、村中《むらなか》である。週刊誌も発行しているその出版社は、現代中国文学も刊行しているので、すぐにでも原稿を渡して何が書かれているか調べてもらおうと思ったのだ。

しかし、慧琳は確か〈原稿が自分の手に渡ったところまで〉は中国側が突き止めたという意味のことを語っていた。となると、自分の交友関係も把握されていると考えるべきだ。当然自分の〈出版関係の友人〉である村中もマークされていることになる。今自分が村中に連絡したりしたら、すぐさま中国の知るところとなるだろう。また事の経緯や、原稿に書かれている内容によっては村中が必要以上に食いついてくることも考えられる。彼の身に危険が及ぶ懸念もあるが、それ以上に自分の身が心配だ。万一表沙汰になるような事態となれば、作者の張氏のように〈事故で死亡〉するかもしれない。

なんでこんなことに――

蹌踉《そうろう》とした足取りで近くのそば屋に入った並木は、惰性でざるそばを注文し、半分ほど残して庁舎へ戻った。ざるそばを残すなど、大げさでもなんでもなく生まれて初めての経験だった。

定時に仕事を終えた並木は、時折背後を振り返って尾行が付いていないか怯《おび》えつつ確認し、秋葉原の電気街に足を伸ばした。市販品では最も性能がよいと思われる盗撮盗聴装置探知機を急いで購入する。値は張ったがそんなことに構ってはいられない。

門前仲町のマンションに怖々と帰宅する。特に異状はない。朝出勤したときのままだ。

しかし相手が本職の諜報《ちょうほう》機関となると、自分のような素人に気づかれることなく侵入するくらい簡単にやってのけられるだろう。

押し入れを開け、迂闊にも段ボールの上に載せておいたままの原稿を確認する。そのままだった。少なくとも自分の目から見て誰かに触られた形跡もない。

ほっと息をつき、次いで買ってきたばかりの探知機で2DKの室内をくまなく走査する。どこにも反応はなかった。探知機が不良品でない限りは、盗撮も盗聴もされていないということだ。安堵《あんど》のあまり、並木は放心したようにダイニングテーブルの前の椅子に座り込んだ。

しばらくそのままでいてから、壁に掛けた時計を見る。午後十時を過ぎていた。のろのろと立ち上がり、探知機と原稿をバッグに詰めてマンションを出る。

湖水飯店の営業時間は十時までだ。それが終わると、慧琳は少しだけ店の片付けを手伝い、寄り道もせずに帰宅するのが習慣であった。

並木のマンションとは駅を挟んで反対側にある慧琳のアパートへ徒歩で向かう。近年の建築なので見かけはそれなりに小ぎれいだが、内部は限りなく狭苦しい安普請のワンルームだ。

外から見ると、一階にある慧琳の部屋に明かりが点《とも》っていた。もう帰宅しているのだ。

ドアベルのボタンを押そうとして、並木ははっと息を呑《の》み周囲を見回す。誰かに監視されているかもしれないと思ったからだ。だがいくら夜の闇を透かし見ても、それらしい人影はない。見渡す限り、一番怪しいのはまぎれもなく自分である。

不意にドアが開いて並木は小さく悲鳴を上げた。

「並木さん？」

室内着に着替えた慧琳が驚いたようにこちらを見ている。

「変な気配がすると思ったら……なにやってるんですか、そんな所で」

「怪しい奴がいないか確かめてたんだ」

「怪しいのは並木さんですよ」

「うん、自分でもそう思う」

慧琳は並木の腕をつかみ、中へ引っ張り込んで素早くドアを閉めた。そして靴を脱ごうとしていた並木を全身で抱き締める。

「今日は来ないと思ってたから、とても嬉《うれ》しい」

慧琳の体の柔らかさはいつもと変わらず心地よかった。しかしにやけている場合ではない。

立ち上がってバッグから探知機を取り出し、自室と同様に慧琳の部屋も調べ始める。ここでも恋人同士の営みを何度も行なっているからだ。

慧琳は並木の持ち込んだ機器がなんであるか、すぐに察したようだった。

丹念に調べたが、やはり反応はない。

「大丈夫でしたか」

「うん」

カーペットの上にへたり込んだ並木に、慧琳がジャスミンティーの入ったカップを渡す。

「どうぞ」

「ありがとう」

一口啜《すす》り、思いついて慧琳に訊く。

「盗聴とか盗撮とかについて、君は何か聞かされてないか」

「そんなの、わたし、聞いてません。知ってたら絶対引き受けてませんから」

そうだろうな、とは思う。なんと言っても慧琳は——彼女の言を信じるならば——自分と同じアマチュアだ。諜報機関が盗聴や盗撮を実行するなら、慧琳にも教えずにやるだろう。

また同時に、「知ってたら絶対引き受けてませんから」という今の言葉にもほんの少しの矛盾を感じる。

そもそも、断ることができないから引き受けたのではなかったか。

「おなか、空《す》いてませんか」

そう言われて初めて、自分が空腹であることに気がついた。

「空いてる」

「じゃあ、すぐに何か作ります」

冷蔵庫を空けた慧琳は、ままごとのおもちゃかと見まがうようなちんまりとしたキッチンで余り物の野菜と豚肉を炒《いた》め、ご飯に漬物を添えて卓袱台《ちゃぶだい》に並べた。中華料理店でバイトしているだけはある手際のよさだ。

「どうぞ」

「ありがとう、いただきます」

自分を騙《だま》していた女の手作り料理だ。少しもためらわなかったと言えば嘘になる。しかしうまそうな野菜炒めの誘惑には勝てなかった。

向かい合って遅い夕食を取りながら、並木は昼間のことを話して聞かせた。

張氏の死には、慧琳も少なからぬ衝撃を受けたようだった。

「それって、偶然じゃないですよね」

「分からない。でも、ぼく達だっていつ……」

「やめて下さい、そんな恐ろしいこと」

茶碗《ちゃわん》を持ったまま慧琳が睨《にら》みつけてくる。

「なに言ってんだ、もとはと言えば君がぼくを騙すから」

「後悔してるから打ち明けたんじゃないですか。並木さんは騙されたままの方がよかったって言うんですか」

「だからさ、そもそも君がハニートラップなんか引き受けて……」

「わたしがやらなかったら、別の人がやってただけですよ。もっと美人で、もっとタチの悪い女だったかも」

確かにこの事態を招いた元凶は自分の預かった原稿だ。「もっと美人で」という部分には少々惹かれないでもなかったが、それを口にするのはこの場の空気を一層険悪なものにするだけなので やめておいた。

「ともかく、出版社に原稿を預けるのはいろいろヤバい」

「じゃあ、どうするの」

並木はバッグから原稿の束を取り出した。

「考えてみたんだけど、これを持って一緒に警察に行くってのはどうかな。なんでもっと早く思いつかなかったのか不思議だよ。やっぱり、こういうことは警察に任せるのが常識的判断……」

そこまで言いかけたとき、箸をくわえた慧琳が涙ぐんでいることに気がついた。

「どうしたんだよ、急に」

驚いて尋ねる。

「酷い……」

「え、どういうこと」

「だって、そしたらわたし、捕まってしまう。捕まって、強制送還されてしまう」

「しょうがないだろう、そういう決まりなんだし」

自分で口にしながら、心の中で首を捻《ひね》る。日本にはいわゆるスパイ防止法のような法律がないとよく言われる。現在のところ、日本の法をなんら犯していない慧琳は強制送還の対象に該当しないのではないか。

いずれにしても確信はないので黙って彼女の話を聞く。

「中国はわたしが裏切ったと理解する。強制送還になったら、わたし、そのまま刑務所に入れられる」

「そんなことは……」

ない、とは言いきれない。それどころか、ネットの記事を漁《あさ》った限りでは、ほぼ確実に悲惨な目に遭うと予想された。

「お願い、並木さん、それだけはやめて。お願いですから、それだけは」

「分かった、警察には言わない」

慧琳はほっとしたようだった。それでもすっかり食欲が失《う》せたらしく、野菜炒めを半分ほども残して箸を置いた。

つましすぎる食卓に重い沈黙がのしかかった。

狭い部屋だ、と不意に感じた。自分も学生時代はワンルームに住んでいたが、もう少し広さに余裕があったように思う。

何度も来た部屋なのに、今までそう感じたことなどなかった。つまり、何も見ていなかったのだ。おそらくはこの部屋の住人に対し、本当の意味での関心がなかったせいだ。

ここは狭い上に何もない。組み立て式のカラーボックスや衣装ケースはあるが、若い女性らしいアイテムが決定的に欠如している。ベッドや卓袱台もリサイクルショップで調達したと言っていた。それがアジアから日本へやってくる留学生の現実なのだ。いや、むしろ慧琳は恵まれている方だと言ってもいい。

このアパートも、ハニートラップの報酬で借りられたのか——

そんな考えが脳裏をかすめる。並木はぬるくなったジャスミンティーを苦すぎる思いとともに飲み干して、

「この原稿、君が訳してくれないか」

「これを、全部？」

「しょうがないだろう。さっきも言った通り、他人には頼めないんだ。お互いの命が懸かってるんだし。何が書いてあるのか知ってないと、手の打ちようもない。もしかしたら、何か突破口が見つかるかも」

「分かった、やってみる。でも時間がかかるよ。わたし、バイトと大学があるから」

「それは仕方ないだろうね」

慧琳は卓袱台の食器をまとめ、キッチンの流し台へと運んだ。

並木もバッグを手に立ち上がる。

「もう帰るの」

驚いたように慧琳が振り返った。

「ああ」

「そう……」

引き留めようとはせず、慧琳は寂しそうに流し台へと向き直る。

その背中の後ろをすり抜ける際、「おやすみ」と告げるのが精一杯だった。


帰宅した並木は、寝室に入ってバッグを投げ出す。

ベッドの横には、昨夜慧琳に見せた長野の写真が散らばったままになっていた。

老人のように緩慢な動作でそれらを拾い集め、ベッドに腰掛けて一枚ずつ眺める。

写真の中で、まだ若い父や母が微笑《ほほえ》んでいる。その背後には並木の生家、そしてさらにその背景には雄大な山並み。

父も母も、自動車事故で亡くなった。並木が就職して間もない頃だ。生家も手放して今はもう存在しない。

網を手に川で魚獲《と》りに興じる小学校の級友達。畦道《あぜみち》に咲いているタンポポと、名前も覚えていない級友の妹。昭和の頃から変わっていないようなくすんだ町と、どこまでも青い空。天と地とを峻烈《しゅんれつ》に隔てる雪の稜線《りょうせん》。

自分はなぜこんな写真を慧琳に見せる気になったのだろう――

そんなことを考えた。

孤独だったから。慧琳に自分を知ってもらいたかったから。ピロートークの間を持たせようと思ったから。

全部当て嵌まるようにも思えるし、また、全部違っているようにも思えてくる。分からない。何もかもが分からない。

自分は本当に慧琳を愛しているのか。

それだけははっきりしている。愛してはいなかったのだ、少なくとも昨夜までは。今夜彼女のアパートを訪れてはっきりと悟った。

彼女との結婚。彼女との将来。そんなものは考えてもいなかった。

ならば今はどうなのだ？　愛していると言えるのか、ハニートラップを引き受けてしまうような中国人を、今も自分を欺いているのかもしれないスパイの女を。

仮に愛していたとしても、この先一緒になる覚悟があるのか。

そもそも一緒になってやっていけるのか。

公務員としての仕事を続けていけるのか。

自分でも答えられないことばかりだ。

別れた妻と一緒になったときはどうだったろう。少なくとも彼女は日本国籍を持つ日本人だったし、身許《みもと》もはっきりしていた。なんなら美人であったと言ってもいい。結婚することになったときは人並みに嬉しいと思ったし、ほんの束の間ではあったが、新婚時代は毎日が楽しかった。

やめよう。

立ち上がって洗面所に行き、顔を洗う。

別れた妻と彼女を比べ、国籍がどうのと思い巡らす。それだけで自分が偏見に満ちたエゴイストであることを痛烈に自覚させられる。それは愉快な心地では決してない。

どこまで行っても、自分は〈普通の日本人〉でしかないのだ。

湿ったタオルで顔を拭く。

分かっていることがもう一つあった。

彼女が何者であろうとも、当分は恋人同士のふりをして生きていかねばならないということだ。


翌日もいつも通りに出勤する。いつも通りに仕事をし、いつも通りに帰途に就く。

表面的にはいつも通りの一日だが、爆弾を背負わされたような気分で過ごすのはひたすらに耐え難いものだった。

疲労困憊《こんぱい》してマンションに戻ると、キャリーバッグと紙袋を提げた慧琳がエントランスの前で待っていた。

「あっ、並木さん」

並木の顔を見て、小走りに近寄ってくる。

「ちょうどよかった、わたし、ちょっと前に着いたとこなんです。こんなときに勝手に入るのはどうかと思って、並木さんが帰るまで待つつもりだったんですけど」

「待ってくれ、一体どういうことなんだ」

「中で説明しますから、さ、早く行きましょう」

一緒に部屋へ上がり込む気でいるようだ。

そんな人懐こさをこれまではただかわいいと思っていたが、今となっては疑念が浮かんでくるばかりである。

こちらの顔色を読んだのか、慧琳は並木の耳許で囁《ささや》いた。

「疑ってるのは分かります、だから、早く」

やむなくオートロックを解除し、自室のある三階までエレベーターで上がる。

慧琳を伴って部屋に入り、ドアに施錠する。

持っていた荷物を廊下に置き、出し抜けに彼女は言った。

「今日、鄭に呼び出されたんです」

「鄭って……君にハニートラップを命じたって男か」

「ええ」

「今日は授業のある日じゃないか。なのに大学を休んでまでそんな奴の所へ出かけたのか。君はやっぱり――」

「聞いて下さいっ」

慧琳はもどかしげに遮って、

「わたしにそれを拒否するという選択肢はないんです。呼ばれたら行くしかないんです」

「そもそも君は鄭とどこで知り合ったんだ」

「そもそも何もないですよ。仲介業者の用意した日本側の受け入れ先は天州《てんしゅう》日本語学校でした。卒業が迫ったあるとき校長室に呼ばれて行ってみたら、いたんです、そこに。校長は『本校の理事の鄭さんだ』と紹介してくれました。『鄭さんは本校にとって大事な人で、日中友好のために尽くしておられるから、言われたことには素直に従うように』って。校長に対してても偉そうにしていて、校長もその人を怖がってるみたいでした。それでピンと来たんです。留学生の間で噂されてるアレかなって」

慧琳はなかなか勘が鋭いようだ。皮肉にも、鄭の方でもその資質に目をつけたに違いない。わざわざ校長室を舞台に使ったのは、自身の正当性と権威とを知らしめるためだろう。

「鄭とはいつも校長室で？」

「いいえ、それは最初だけでした。あとは不規則に電話がかかってくるんです。いつも一方的な連絡で、会う場所はそのつど違います。大抵は普通のカフェとかです」

「分かった、それで今日の用件はなんだったんだ」

「任務の催促でした。まだ原稿を手に入れられないのか、誰か他の人間に見せたかどうか聞き出せないのかと」

「君はなんて答えたの」

「まだですって言うしかないでしょう。それとなく探ってみたけど、並木さんはほんとに忘れてるみたいだって。しつこく訊きすぎると疑われるから、まだ様子を見ているところだと答えました」

「それで相手は納得したのか」

慧琳は首を左右に振って、

「全然。わたしの〈努力と忠誠心〉が足りないからだって」

「忠誠心？」

それは色気の間違いじゃないのか――くだらないことをうっかり口走ってしまいそうになる。

「一刻も早く対象を懐柔しろって言われました」

「対象って、ぼくのこと？」

「はい。頑張りますって言いました。それでも納得してもらえませんでした。そしたら、具体的な方針を示せって」

そこで慧琳は持参した荷物を指差した。

「とりあえず、これだけ持ってきました。残りは後で一緒に取りに行きましょう。手伝ってくれますよね？」

「あの、いきなり話が見えなくなったんだけど」

「だから具体的方針ですよ」

慧琳はじれったそうに繰り返した。

「そこがよく分からないんだけど」

「わたしも分かりませんでした。正直にそう答えたら、鄭に命令されました。『すぐにでも同棲に持ち込むことだ、一緒に暮らせばそれだけ聞き出す機会も増えるだろう、気づかれぬうちに原稿を探すこともできる』と」

ようやく頭が追いついた。次いで愕然《がくぜん》とする。

「ここで一緒に暮らすっていうのか」

「仕方ないじゃないですか」

慧琳はにわかに泣き出しそうな顔になって、

「『はい』って言わないとわたしは処分されてしまいます。アパートもすぐに解約するって。そしたらわたし、行くところがなくなってしまう」

「やっぱりあそこは中国が用意したのか。だったらもっとましな物件を借りてくれればいいのにな。新築のタワマンとかさ」

「おかしいでしょ、そんなの。富裕層出身でもないのにそんなとこに住んでる留学生って」

「そりゃそうだろうけど」

ショックのせいで、話題があらぬ方へとずれてしまった。

「つまりぼく達の意志に関係なく、同棲しなくちゃならないってわけ？」

「嫌なんですか」

不安そうに訊いてきた。

「わたし達、今まで通り付き合ってるふりをするしかないって決めたばっかりじゃないですか。いいかげん同棲の段階に移らないと、鄭に疑われる一方です」

「でも、ここ、そんなに広くないし」

「一部屋空いてるじゃないですか。鄭も知ってましたよ、ここの間取り、2DKだって」

寝室に使っている部屋以外にもう一部屋あるのは確かだが、物置代わりになっていて雑然とした荷物であふれている。

「わたし、すぐに掃除します。それが終わったら、アパートに残りの荷物を取りに行きます。手伝って下さい。二人で運べる程度しかありませんから」

空漠とした彼女のアパートを思い出す。ベッドも組み立て家具だったから、簡単に運び出せるだろう。マットもごく薄いものだった。

「分かったよ」

不承不承に同意した。他に選択肢はない。

ハニートラップと分かった女と、同衾《どうきん》する気にはとてもなれない。空いている部屋に彼女のベッドを置くしかなかった。

一昨日まで恋人だった女と一緒に暮らしながら、それはどこまでも虚構でしかない。また同時に、周囲に対しては彼女に心底溺れていると渾身《こんしん》の演技でアピールしなければならないのだ。考えるだけで消耗する。そんなエネルギーを果たしていつまで維持できるのか、想像の及ぶところでは到底ない。

「わたしだって、つらいんです」

慧琳がぽつりと呟いた。こちらの考えを見透かしてでもいるかのように。

「わたしのこと、汚い女だと思っているでしょう」

「そんなこと……」

そんなことないよ。

その一言を、並木は最後まで言いきることができなかった。

3

なし崩しに始まった慧琳との同棲生活は、予期に反してそう悪いものではなかった。なんなら快適であったと言ってもいい。

互いに役割分担でと称しつつも、慧琳は家事のほとんどをやってくれた。学業とバイトをこなしながらである。

何か手伝おうか、と並木が言うと、並木さんは仕事があるからと笑って答える。君だってバイトがあるだろうと反論すると、バイトと仕事は違うし、置いてもらっているのだからこれくらいはやらせてほしいと懇願される。そう言われると、並木はもう引き下がるよりなかった。

2DKの各部屋はたちまち掃除されて見違えるほどきれいになった。住人の数が増えたというのに、以前より広くなったような気さえする。キッチンもユニットバスもくまなく磨き上げられ、まるで入居した当初の頃に戻ったようだ。

また朝食と夕食のみならず、弁当まで作って持たせてくれる。どこで学んだのか慧琳は日本式の弁当のパターンを心得ていて、白米に梅干、漬物、卵焼きを中心に、夕食の残りの酢豚やミニハンバーグを添えたりして経済的且つ飽きのこないものに仕上げていた。唯一の難点は、その弁当がたちまち職場の関心を集めたことである。

「あっ、それ、彼女さんの手作りですね」

初めて自席で弁当箱を開けたとき、通りかかった根本が目ざとく寄ってきた。

「え、ああ、うん」

並木は曖昧に頷《うなず》くしかない。

「えー、すごーい、かわいいお弁当。そんなの作ってくれるなんて、慧琳ちゃんて、すごくいい子なんじゃないですか」

「いいなあ、ぼくも彼女に手作りの弁当、作ってもらいたいなあ」

佐古田までが大仰な口調で言う。

それが三、四日も続くと、職場の全員が並木の同棲を確信するようになっていた。

「もう結婚しちゃったらどうですかー」

根本が冷やかしてくると、佐古田ももっともらしい顔で同調する。

「これで彼女を捨てたりしたら、ぼく、絶対許しませんから」

「どちらかって言うと、並木さんは捨てられる方じゃないですか」

ぼそりとクールに呟いたのは、並木の近くに座る女性職員の中島《なかじま》だ。並木より年次は上なので、部下でありながらどうにも頭が上がらない。しかも言うことがことごとく的を射ていて何も言い返せないと来た。

「あっ、そりゃそうですよね」

どこまでも無神経で調子のいい佐古田に怒りを覚えたりする。

対して中島はと言うと、すでに何事もなかったような顔をして自分の仕事に戻っている。フレームの細い眼鏡《めがね》を掛けた細面の横顔は、泰然自若としながらもどこか冷笑的なようでもある。彼女を苦手としているのは並木だけではない。栗原課長でさえ彼女にだけは妙に気を遣っているようで、要するに課全体からなんとなく煙たがられている存在だった。

いずれにしても、「親密に付き合っているように見せかける」という目的は達成されたわけであるから、並木としてはその結果を上々のものとして受け入れるしかなかった。

「ただいまー」

帰宅するとつい言ってしまう。できれば言いたくないと思っていても言ってしまう。

「おかえりなさーい」

そう返事してくれる女の存在が嬉しいのだ。だがそれを認めることは、女の作戦に押し切られたような気がして怖くもあった。

それでなくても女の計算はしたたかだ。別れた妻も例外ではなかった。と言うより、むしろ元妻は誰よりも計算高かった。少なくとも並木はそう確信している。

素人に近いとは言え慧琳はスパイである。自分をいいように操って、まんまと同棲に持ち込んだではないか。それが鄭という男の命令であることは本人が最初に白状している。

そこが分からない。

これは慧琳の作戦なのか。それともやむを得ぬ結果でしかないのか。

当の慧琳は、徹夜でこつこつと張氏の原稿を翻訳している。自分の頼みを実行してくれているのだ。

中日辞典を捲っている慧琳の横顔を見ていると、その健気《けなげ》さを愛《いと》しく思わずにはいられない。つい後ろから抱き締めてしまう。慧琳もまた微苦笑を漏らしつつ拒むことはない。事を終えてから考える。これこそがハニートラップのハニートラップたる所以《ゆえん》ではないのかと。自分はまんまとその術中に嵌まっているのではないのかと。

傍らで寝息を立てている女の温《ぬく》もりに、並木の思考は果てしない堂々巡りを続けるのであった。

その日も頭に渦巻く疑念と、女の待つ家に帰れる喜びと、相反する思いを抱えて家路に就いた。

「ただいま」

返事はない。今朝慧琳が、「今日は梅芳《ばいほう》と食事して帰る」と言っていたのを思い出した。

梅芳とは慧琳の留学生仲間である。たまに会ってお茶やランチを楽しみながら世間話や情報交換をしているという。若い女性同士の交流はどこの国でも似たようなものらしい。

梅芳とは並木も一度会ったことがある。人見知りをすると聞いていたが、それほどでもなかった。慧琳より一つ年上で、真面目そうな女性であった。確かコンビニでバイトしているとも聞いた。

未だ信用しきれずにいる女であっても、いないとなるとやはり寂しい。それこそ自分の本心ではないのかと考えたりする。

自炊するのも面倒なので、冷凍食品の焼きそばを食べながら慧琳を待つ。話が弾んでいるのか、いつもより帰りは遅かった。

午後九時を過ぎて、慧琳がようやく帰ってきた。

「ただいま」

「おかえり。今日は遅かったね」

ダイニングチェアに座ったまま声をかける。

「それなんだけど」

洗面所に直行した慧琳は手や顔を洗いながら答える。

「約束の店に行ってみたら、梅芳の他にもう一人いたの」

「ふうん、友達の女の子？」

「それが、お婆《ばあ》さんなんです。上品で、感じのいい人。それにとっても優しい。年は、ちょっと分からない。六十は過ぎてると思うけど」

「へえ、梅芳のお祖母《ばあ》さんなの」

「全然違うの。梅芳が紹介してくれたんだけど、宋佳《そうか》さんだった」

「誰それ？　知ってる人？」

「ううん。在日華人の間では有名な人。わたしも名前だけは知ってた。事情通で、困ったことがあるとなんでも相談に乗ってくれるんだって」

「在日華人の間では有名」「事情通」「なんでも相談に乗ってくれる」――どの文言を取ってみても怪しいことこの上ない。並木はにわかに不安を覚えた。

ざわめく心を押し隠し、努めてさりげなく尋ねる。

「梅芳が相談事でもあったのかな」

慧琳はすぐには答えなかった。

「どうしたの」

「ちょっと待って、今話すから」

洗面所から出てきた慧琳が、ダイニングテーブルの向かいに座る。

「梅芳はバイト先の店でトラブルになって、そのことを宋佳さんに相談してたの。本当はわたしが来る前に話を終えるつもりだったのが、思ったより長引いたんだって」

慧琳や梅芳のような留学生は往々にして裕福とはほど遠い境遇にある。一杯のコーヒーで同じ店に居続けることも珍しくはない。

「わたしが来てすぐに梅芳の用件は終わったんだけど、宋佳さんが帰ろうとしたとき、梅芳がなんの気なしに『せっかくだから慧琳も悩み事があったら宋佳さんに相談してみたら』って言ったの。そのとき、わたし、きっといかにも変な……何かありそうな顔をしたんだと思う。だって、大きな悩み事があるのは本当だし」

嫌な予感がしてきて、並木はダイニングチェアに深く座り直した。

「そしたら宋佳さん、じっとわたしの顔を見ながら、『梅芳、私はこの子と話があるから、悪いけど今日は二人にしてちょうだい』って。梅芳も勘のいい子だから、『じゃあ、また今度ね』ってそのまま先に帰っちゃって」

「ちょっと待ってよ。今の流れからすると、もしかして、ぼく達のこと、その婆さんに喋《しゃべ》っちゃったって言うんじゃないだろうね」

「いくらわたしでも、初対面の人にそんなこと、話さないよ」

知らず知らずのうちに前のめりになっていた並木は、ほっとして背もたれに身を預ける。

「じゃあ、何を話したの」

「日本語学校の校長に理事だっていう変な男を紹介されたって」

「やっぱり喋ったんじゃないか」

愕然としてまたも身を乗り出す。

「だって、わたしのこと、すぐに見抜いたのよ、『なんだかだいぶ困ってるようだねえ、よかったら私に話してごらん』って。それでわたし……」

「どこまで喋ったんだ」

「この人に言われたことには素直に従うようにって校長に言われたとこだけ。宋佳さん、すぐにピンと来たみたいで、『そりゃあ、本国の機関員だよ』って」

慧琳の迂闊さ、不用心さに段々腹が立ってきた。

こんなに愚かな女だったとは――

「まさか、鄭って名前まで言わなかったよね？」

「言いましたけど」

仰天して立ち上がった。

「なんでそんなこと言うんだよっ」

今度は慧琳が驚いた様子で振り返った。

「だって、ずばり機関員だよって言われたから、こっちも思わず……」

「信用したってわけか」

「はい」

並木は「うーん」と低く呻《うめ》いて考え込む。

宋佳という婆さんが慧琳の言う通りの事情通だとすれば、鄭の正体について何か情報を持っている可能性があるようにも思われた。

「で、その婆さん、なんて言ったんだ」

「一度目を付けられたからには表立って逆らうわけにもいかないから、適当にはぐらかしておくのが一番だとも言ってました」

「そうだよ、それが一番だったんだ」

「でも、そしたらわたし、並木さんに出会えませんでした」

並木は詰まった。話は大体そこへ帰着する。この状況は自分達にとって幸いだったのか不幸だったのか、それすらも分からなくなってくる。

「まあいい。それから君はなんて言ったんだ」

「適当にはぐらかすなんて、自分にはとても難しいって言いました」

実際に、慧琳はすでに鄭の指示に従ってしまっている。

「そしたら？」

「そうだろうねえって」

「それじゃ相談になってないじゃないか」

「だって、それ以上打ち明けるわけにもいかないじゃないですか」

またも詰まった。反論のしようもない。

「宋佳さん、何かあったらいつでも相談に乗るからって言ってくれました」

「その婆さん、一体何をやってる人なんだ」

「六本木で小さいお店をやってるって」

「水商売か」

「輸入物の雑貨屋さんだって言ってました」

輸入物の雑貨屋。いかにもスパイがカモフラージュに使いそうなイメージだ。

「話を聞いた限りじゃ、どうも普通の人には思えないな」

「そうですね」

拍子抜けするほどあっさりと肯定した。

「確かに普通の人じゃないなって雰囲気はありました。でも、わたしにはとても優しかった」

「それが罠なんじゃないのか」

「そう言われたらそれまでだけど……」

慧琳はすっかりうなだれてしまった。

コーヒーでも淹《い》れようと並木は流し台に向かい、ケトルに水道の水を注いだ。

「あ、わたし、やります」

「いいよ」

不機嫌に応じてガスコンロのスイッチを捻る。

それでなくても頭が痛いというのに、またよけいな心配事が増えてしまった。

宋佳という婆さんがただの世話好きな一般人であるなら問題はない。

しかし——そうでない可能性も捨てきれない。その婆さんこそが、偶然を装って接触してきたスパイかもしれないのだ。

仮にそうであったとしても、目的は皆目分からない。

それより何より、安易に人を信じすぎる慧琳の……

そこまで考えたとき、並木はまた新たな疑惑に気がついた。

慧琳が鄭について宋佳に話したという既成事実の生成。それこそがなんらかの策謀ではないのか。

疑い出すときりがない。まるで地獄だ。一つの疑惑は、次から次へと幾何級数的に増殖していく。

「並木さんっ」

慧琳の声で我に返った。

目の前のケトルから沸騰した湯が吹きこぼれそうになっていた。慌ててガスを止め、息を吐く。

このままでは神経がどうにかなってしまう。早くなんとかしなければ——

ペーパードリップでコーヒーを一人分だけ淹れる。

それを見て、慧琳がため息をついた。

いつもはどちらがやっても互いに相手の分も淹れる習慣であったからだ。しかし今だけは、慧琳の分まで淹れてやる気にはなれなかった。

いい年をして了見が狭いとは思うが、人間とは年を取るにつれ偏屈になるものだ。

無言の抗議か、あるいは嫌みのつもりか、慧琳はわざとらしくノートを広げ、張の原稿の翻訳を始めた。

険悪で気まずい空気のまま、その夜は過ぎた。

「やっぱり……」

ベッドに入るとき、慧琳がぽつりと呟いた。

「面白くないですよ、あの原稿」

4

宋佳なる人物のことは気になったが、翌日の仕事も平穏に終わった。

朝になると慧琳は何も言わず弁当を作ってくれたし、根本達もいつものように冷やかしてきた。中島には皮肉を言われたし、佐古田は仕事でミスをやらかした。

いつも通りであるのが幸せなのだ——そうなふうにさえ思えてくる。

人は悩み事や厄介事を抱えないと、自分の幸せを自覚できないものなのかもしれない。

退庁した並木は、そうしたよしなし事を考えながら霞ケ関駅から日比谷線に乗り込んだ。空いていた席にすかさず座る。隣に座っていたのは学生らしい若い男だった。スマホで動画を観ているようだ。こちらの視線を感じたのか、わざとらしい動作で体の角度を変え、画面を見えないようにした。別に覗くつもりはなかったので、並木もスマホを取り出してニュースサイトのヘッドラインを眺める。学生の頃は頑《かたく》なに電車内で文庫本を読んでいたが、気力や向上心は年々薄れ、精神は怠惰になる一方だ。だがそのことになんの抵抗も感じない。若さに価値があるとすれば、あり余る体力を措《お》いて他にない。それとても発散する場に恵まれなければ、より強烈な焦燥となって己を苦しめるだけだろう。根拠のない希望や野心は、結局のところ、なんの役にも立たないのが現実だ。

「……ですよね、並木さん」

誰かの声が突然耳許で聞こえた。

驚いて横を見ると、あの若い男ではなく、量販店で売っているようなスーツを来た中年男が座っていた。東銀座駅を過ぎたあたりだ。若い男は銀座か東銀座で降りたのだろう。スーツの男がいつ隣に座ったのかも定かでない。

「え、何かおっしゃいました？」

男は前を向いたまま、まったく視線を合わせず頷いた。そして持っていたスマホに何かをすばやく入力している。

なんだ、こいつ――

地下鉄は築地駅に到着した。ドアが開き、すぐに閉まる。

訝《いぶか》しんでいると、男は送信ボタンを押した。同時に並木のスマホにメールの着信があった。驚いて画面を見る。

メールの表題は［はじめまして、並木さん］。発信者は［隣の男］。

こちらの名前もアドレスも把握されているのだ――

恐怖を覚えて問い質す。

「誰なんです、あなたは」

男は黙って自分のスマホを指で叩く。メールを見ろと言っているのだ。

少しためらってから、並木はメールを開いた。

［あなたと大事な話があります。女性の件です。次の駅で降りて下さい］

愕然として横に座った男を見る。

男は依然スマホを眺めているふりをしている。［女性の件］とは慧琳のことに違いない。

八丁堀に着いた。男が立ち上がって降車する。こちらを振り向きもしない。ついてくると確信しているのだ。

どうしよう――どうしよう――

唐突に突きつけられた選択肢に、並木はかつて経験したことがないほどの動揺を覚え、混乱した。

ホームを歩み去っていく男は、その落ち着きぶりからしても一般人ではあり得ない。どう考えても〈その世界〉の人間だ。

正直言って恐ろしい。ついていけば、何が待っているか知れたものではない。

かといって、もしついていかなかったら。

ドアが閉まる寸前、並木は思い切って車外へ出た。悠然と歩いている男の後を、距離を置いて追いかける。

改札を出た男は、地上への階段を上がっていった。その足が次第に遅くなる。こちらが追いつくのを待っているのだ。

地上へ出た。男は立ち止まってスマホを見る。いや、見るふりをしている。追いつくと同時にスマホをしまい、並んで歩き出した。

男は意外に小柄であり、身長は並木よりかなり低かった。

「私は『山田《やまだ》』です」

いきなり男が話し出した。その唐突さにまたも驚かされる。

「ご同道頂き感謝します、並木さん」

「誰なんですか、あなたは」

「『山田』です」

にこやかな表情で繰り返す男に、並木は勢い込んで言った。

「大事な話ってなんなんですか」

「お分かりのはずですよ。だからこそついてきたんでしょう？」

肝心なことには一切触れない。すべてこちらに喋らせるつもりなのか。それがこういう人達のやり方なのか。

その手には乗るものか——

「分かりません。教えて下さい」

「少し散歩に付き合って下さい。それと、声はできるだけ小さめに」

男は鍛冶橋通りをまっすぐ西に向かって歩いていく。

「あの女に騙されてはいけません。そのことをご忠告に上がりました」

思わず男の横顔を見る。

「なんですって」

「こちらを見ないで。前を向いて歩いて下さい」

並木はもう耐えられずにその名を口にした。

「慧琳のことですか」

「あの女には別の目的がある」

「中国のスパイで、ハニートラップだって言うんでしょう」

先制攻撃を仕掛けたつもりが、男には無効であったようだ。

「その通りですが、違います」

いよいよ混乱する。男の方が一枚も二枚も上手なのは明らかだった。やはり素人ではプロの相手にもならないということだ。

「どういうことです」

「原稿の話はすべて嘘だということです」

男の発言のことごとくが並木にとっては衝撃だった。

「あの女はこう言ったはずです、張建勲の原稿をあなたから奪うように命令されたと。違いますか」

「違ってません。その通りです」

並木の足が自《おの》ずと止まった。意志とはまったく関係なく。膝が大きく震えている。学生時代に友人と富士山に登ったときも膝がやられたものだが、ここまで酷くは震えなかった。

「止まらないで。歩き続けて下さい」

同じく足を止めた男が小声で言う。

「無理です」

かろうじてそれだけ答えた。怖い。どうしようもなく怖い。

「心配する必要はありません。私は警視庁公安部の者です。あなたを助けに来たのです」

「だったら、何か証明書を……そうだ、警察手帳を見せて下さい」

「では、まず歩いて下さい」

向かいから歩いてきた中年女性が傍らを通り過ぎた。スマホをしきりといじっていて顔を上げもしない。少なくともこちらに注意を払っているようには見えなかった。仕事帰りらしい男女が次々と自分達を追い抜いていく。いつもと変わらぬ光景だ。

車道の騒音が不意に聞こえてきた。無数に連なる車のヘッドライトが両の車線を間断なく過ぎ去って、永遠に交差しない二本の線のようだった。

なんとか気力を振り絞って歩き出す。

「おかしいじゃないですか。いきなり地下鉄であんなふうに声をかけてきたり、メールを送ってきたり……あなたは本当に警察なんですか」

反動からか、一気に疑問が込み上げてきた。

「まあ、そういう業務なので」

「そういう業務って、ずいぶんと簡単に言いますね」

「同じ公務員ですから、上を通して正式に農水省まで出向いてもよかったんですがね。それをやったら、あなたがハニートラップに引っ掛かったってことが職場の人達に知られてしまいますよ。その方がよかったとでも？」

そう言われると黙るしかない。

「それに、こういった案件はこちらとしても他省庁の公文書に残されるといささか困るんですよ。外交問題でもありますしね」

この男の言うことを信用していいのだろうか。

いや、やっぱり変だ――

「山田って、偽名ですよね。警察官は公安でも名刺を持っているとネットに書いてありました。本名と所属部署、役職、それに階級を教えて下さい」

「あなたまさか、ネットに書いてあることが全部本当だと思ってるんじゃないでしょうね」

「え、違うんですか」

間抜けなことを言ってしまった。

「公安について本当なのは七割くらいですね」

「それだけ当たってるんなら上等じゃないですか」

「あくまでそれは業務上の手続き等の話であって、本当の機密事項はネットにはかけらも載ってませんよ」

「そりゃそうでしょうけど」

自称山田は嗤《わら》ったようだった。

「業務の性格上、本名はお教えできません。部署は公安部外事二課、階級は警部補。真ん中の下っ端寄りといったところですかね」

「役職が抜けてませんか」

「他省庁なら係長くらいです」

「具体的には言えないってことですか」

「まあ、そういうことです。でも、あなたの方で私の身許を確認できないと不安になるのも分かります。こうしましょう、警視庁のホームページに相談ホットライン窓口の番号が載っています。そこにかけてみて下さい。警視庁総合相談センターにつながって担当官が応対します。まず相談内容を聞かれますから、『外二《がいに》の山田を頼む』とだけ言って下さい。即座に外事二課の直通番号を教えるよう手配しておきます。お手数ですがそこへかけ直して、対応した者にもう一度同じことを告げて下さい。『外二の山田を頼む』と。今度は『山田は三人おりますが』と言われます。『山田Bです』と答えると、私のスマホに転送してくれます。いかがでしょうか」

「すみません、もう一度お願いします。なんだか頭に入らなくて」

山田は面倒そうな素振りも見せずに同じ説明を繰り返してくれた。

「分かりました、こちらで公式の番号を調べて電話すればいいわけですね」

少々手間はかかるが、確かにそれなら詐欺や欺瞞《ぎまん》の可能性を排除できると思われた。

首都高の高架下を潜《くぐ》ると、最初の信号が赤だった。二人並んで立ち止まる。

「ところで、私のことなんかより気になることがあったんじゃないですか」

「そうだ、原稿の話が嘘って、どういうことですか。もしかして、慧琳がハニートラップじゃないと」

「それはさっき肯定したじゃないですか」

「すみません、よく分かりませんでした」

山田はさりげなく左右に目を配る。信号待ちをしている人達の中に、不審な者がいないか確認しているのだ。

「黄慧琳は間違いなくハニートラップ要員です。ただし、その目的は一般人が趣味で書いた原稿なんかじゃないってことです」

「じゃあ、一体何が目的なんです？」

山田は黙って歩き出した。いつの間にか信号が青になっていたのだ。

並木は慌てて山田を追いかける。

「ねえ、教えて下さいよ」

「落ち着いて下さい。私はそのために来たんですから。それより大きな声を出さないように」

慌てて周囲を見回した。

「すみません」

「いいですか、ハニートラップ本来の意味はすでにご存じでしょう、ネットでね」

山田の言葉に皮肉が混じる。

「〈質より量〉とでも言わんばかりに中国が投網漁《とあみ》のようにハニートラップを仕掛けているのは事実です。その一環として、中国はあなたを狙ってきた。つまり、女の本当の目的はあなたの籠絡《ろうらく》そのものなのです」

「ぼくを、ですか」

いよいよ分からなくなった。

「でも、ぼくはそれこそ下っ端寄りの中間管理職で、外国に狙われるような重要機密なんて……」

「ご自分の部署をよく思い出して下さい。あなたは農林水産省食料産業局総務課でしょう。あなたは農産物の新品種の種子や高級和牛の精子といった農業技術を知り得る立場にある」

思わず「あっ」と声を上げていた。

それまで抱いていた違和感がきれいに払拭されるような心地さえした。

確かに中国、北朝鮮、韓国などアジア諸国は、日本の農業技術を欲しがっている。彼らにとっては、工業技術に匹敵するほどの重要機密なのだ。いや、工業、ことにＩＴ分野では中国はすでに日本のはるか先を行っている。農業技術はむしろ最優先で奪取すべき最重要案件であると言っていい。

現に中国人や彼らの意を受けた密売人が、種苗《しゅびょう》や和牛の精子を密かに持ち出そうとしてよく税関で押収されたりしている。それらの情報は自分の部署にも逐一伝えられていた。

どうして今まで気づかなかったんだろう――

そもそも、いくら原稿という理由があるにせよ、なんの取り柄もない自分にハニートラップを仕掛けるなんておかしいと思っていたのだ。

だが自分には立派な取り柄があった。中国にとって大きな意味を持つ取り柄が。

東京スクエアガーデンの前を過ぎる。人通りが多くなってきた。

「あなたは黄慧琳がハニートラップであることを知っていた。いかに素人同然の留学生とは言え、正体を知られたら終わりです。中国は即座に実力行使に出るか、彼女を人知れず撤収させるでしょう。なのにその兆候もないということは、すなわち彼女の方から何かの機会を捕らえてあなたに自分の正体を打ち明けた。違いますか」

「そうです、その通りです」

首がもげそうなほど上下に振る。

「では、女は一体なんのためにそんな挙に打って出たのか」

「ぼくの同情を惹き、共犯意識を持たせ、もう後戻りできないところまで関係を深めさせ、なし崩しに協力させる……」

今まで表情らしい表情を見せなかった山田が、初めて微笑んだ。いや、単に口許の筋肉が何かの拍子に緩んだだけかもしれない。

「これまで互いの部屋を行き来する関係であったのが、急に同棲し始めた。我々は緊急度が一段階アップしたものと判断し、あなたと接触することにしたのです。同棲は女の方から持ちかけてきたんじゃないですか」

「そうです、早く結果を出せと急《せ》かされたからって、強引に……」

「それがいつもの手なのですよ」

得心したように山田は言った。

「分かりました、ぼくはすぐに慧琳と別れます」

「いや、それはちょっと待って下さい」

「えっ？」

「急に別れるなんて言い出すとかえって疑われる。正体を気づかれたと思ったら、中国は何をやるか分かりません。最悪の場合、証人であるあなたを始末しようとするかもしれない」

「そんな、じゃあぼくはどうすれば」

「大丈夫、我々は女を指揮している『基本同志』、つまり工作責任者ごと一網打尽にするつもりです。そうなればもうあなたに危険が及ぶことはない」

「そうですか、よかった」

ほっと息をついた次の瞬間、並木はあることに気づいて慌てて言った。

「あの、それって、ぼくを囮《おとり》にするってことなんじゃ――」

「あなたとは互いにいい関係を築けると思います」

「待って下さい、さっきはぼくを助けに来たって言ってましたよね」

山田は一転してまたも冷たい無表情に戻っていた。

「あなたも公務員なら、国家のために協力をお願いします。それがあなたのためでもあるんです」

「それとこれとは……ぼく、そんな女とこれ以上一緒にいたくないです。それに、本当の狙いを知ったと気づかれない自信もないし」

「協力して頂けない場合、あなたを不正競争防止法違反で逮捕しなくてはならなくなるかもしれません」

明らかに恫喝《どうかつ》であった。

「そんな、ぼくはまだ何も――」

「その可能性があるということです。そうならないように我々も全力を尽くしますから安心して下さい。では、次の連絡はこちらからしますので」

山田はさりげなく、それでいて素早い足取りで並木から離れ、タクシーを呼び停めたかと思うとあっという間に去っていった。

残された並木は呆然《ぼうぜん》として立ち尽くす。

なんなんだ――

助けに来たと言いながら協力を強制し、挙句の果てに脅していった。

特徴のない、表情もない中年の小男。口調もやり方も気に食わない。あんな人物を信じてもいいものだろうか。

しかし慧琳の目的についての説明が腑《ふ》に落ちたのは否定できない。

誰かの肩がぶつかった。そこは鍛冶橋交差点であった。歩行者の信号は青。すぐ先に東京駅が見えている。

ぼんやりとそちらに向かって歩き出す。

だがどうにも足が進まない。慧琳の待つ家に帰るのが怖かった。

地下鉄昇降口の前で思い直し、ＪＲの構内に入る。明るい照明の下、通行の邪魔にならないよう柱の側に陣取り、スマホで警視庁のホームページを検索する。

すべて山田の言った通りであった。警視庁総合相談センターの番号も載っている。番号を覚えてから、別の方法でもいろいろ検索する。やはり同じ番号が載っていた。詐欺サイトの類いでないことは確認できた。

その場から総合相談センターにかけてみる。コール一回でつながった。

〈こちらは警視庁総合相談センターです。受付時間は平日午前八時三十分から午後五時十五分までです。現在――〉

録音音声になっていた。最後まで聞かずに電話を切る。明日もう一度かけ直すしかない。

山田は「手配する」と言っていた。すぐにかけてもまだ手配が済んでいないかもしれないではないか。

やむなく昇降口から階段を下り、丸ノ内線に乗車した。

車内で懸命に集中する。

慧琳と普通の態度で接する――変に怯えたりしない――今日は疲れたと言って早めに寝る――ベッドに入って顔を見せない――大丈夫だ、疑われることはない――

自宅に入ると、台所から慧琳の声がした。

「おかえりなさい。ご飯、できてますよ」

しまった、食事というプロセスを忘れていた——

肉体は正直なもので、にわかに空腹を覚える。

「今日はもう——」

外で食べてきた、と応じるには腹が減りすぎていた。それにいつにも増してうまそうな香りが漂ってくる。

「え、なに？」

「いや、今日は格別いい匂いだなと思って」

「スーパーで海老《えび》、安かったから、今夜はエビチリにしたの」

へえ、と言いつつ洗面所で手を洗い、テーブルに着いた。

「今日は遅かったね」

「うん、帰り際に係長から頼まれたことがあって。残業だよ」

ここはあらかじめシミュレートした口実を使う。

「そう。公務員は大変ね」

普通の主婦のようなことを言いながら、慧琳がほどよく温め直した料理を皿に盛りつける。見るからに食欲をそそった。

「こいつはうまそうだ」

そう漏らした途端、慧琳がたまらなく嬉しそうな笑顔を見せた。

「さあ、早く食べて」

その笑顔に、握った箸が止まってしまった。

こんな笑顔を見せながら、この女は心の底で——

「どうしたの？　海老、好きじゃなかったの？」

心配そうに訊いてくる。

うん、と答えかけてその言葉を急いで呑み込む。湖水飯店では海老入りの五目湯麺《タンメン》と海老焼売《シューマイ》を一緒に頼んで何度も食べた。注文を受けていた慧琳が覚えていないはずがない。

「いや、君って、本当に料理が上手だなあと思ってさ」

「ありがとう。でもこれくらい、中国人なら誰でも作れるよ」

「そうかい。でも湖水飯店でバイトしてるせいか、見栄えもプロ並みなんじゃないの」

適当なことを言って飯をかき込む。下手に喋っているとぼろを出してしまいそうだった。

「そんなにおなかが減ってたの？」

「うん」

慧琳が目を丸くしている。それも、この上なく幸せそうにだ。

そんな顔はやめてくれ——

エビチリの辛さが心に染みた。

5

計画通りいつもよりずっと早い時間にベッドへ潜り込んだが、到底眠れたものではなかった。二人で食べるエビチリはうまかった。だが慧琳が自分を騙していると思うと、よけいに心がざわめいた。胸の中で嵐が吹き荒れ、とても平静ではいられない。そんな内面を表に出さないようにするだけでも途轍《とてつ》もないエネルギーを消費した。

夜通し輾転反側《てんてんはんそく》した挙句、朝を迎えた。

「いってきます」

慧琳が作ってくれた弁当を持って出勤する。

茅場町で乗り換える際、人の流れから離れた通路の隅に身を寄せ、スマホで警視庁総合相談センターに電話する。

〈こちらは警視庁総合相談センター、担当官の堀川《ほりかわ》と申します。本日はどのような——〉

相手が話し終えるのを待たずに早口で告げる。

「外二の山田を頼む」

〈03-××××-××××です。これでいいですか〉

急に素っ気ない口調になった相手の言った番号を繰り返す。

「ええと、03－××××－××××ですね？」

するとその挨拶も何もなく電話が切られた。気にしてはいられない。すぐに聞いたばかりの番号を入力し、発信する。

〈外事二課です〉

今度は最初から無愛想な口調の男が出た。

「外二の山田を頼む」

〈山田は三人おりますが〉

「山田Bです」

〈そのままお待ち下さい〉

遠い発信音に切り替わった。

〈山田です。よく電話して下さいましたね、並木さん〉

昨夜の男の声がした。並木は「はあ」と間の抜けた返事をした。

〈これで私が本物の警察官であることが確認できたことと思います〉

「はあ」

〈日本のために力を合わせて戦いましょう。その後女の様子に何か変わったことはありませんでしたか〉

「いえ、特に」

〈では今夜、日比谷線日比谷駅A2出口でお待ちしております〉

「今夜って、何時なんですか」

〈退庁後、すぐにおいで下さい。あなたのお仕事が終わるまでお待ちしております〉

山田は一方的に段取りを決めて電話を切った。

疲労感とともにスマホをしまい、並木は日比谷線の乗り換え口に向かって歩き出す。

山田の言ったことは本当だった。彼は確かに公安部員だ。

ということは、慧琳の正体も奴の言った通りであるに違いない。改めて寒気を覚える。

昨夜のあの笑顔も、やはり根底から作られた偽りの仮面であったのだ。

とりあえず、と並木は独りごつ——とりあえず仕事に行かねば。


こういうとき、自分の仕事が創造性を必要としない単調なものであったことを感謝せずにはいられない。慧琳の告白以来、上の空で機械的に仕事をこなす日々が続いていたが、ここに来ていよいよ仕事どころではなくなったからだ。もっとも、自分と同じ仕事に創造性を見出《みいだ》している公務員も多々いるだろうとは思う。だがこの際そんなことはどうでもよかった。

パソコンのディスプレイを見ながらキーを叩く。頭の中で考えているのは山田のことだ。

彼の身分は今朝確かめた。国家のために協力しろというのも分からないでもない。だが山田という人物から受けた印象はあまりいいものではなかった。ことに最後の恫喝だ。あれはまったく気にくわない。

しかし、外国の諜報機関に対して自分の身を守ってくれるのは警察——国家権力しかないではないか。

「並木補佐」

不意に呼ばれて振り返る。

佐古田が書類の束を抱えて立っていた。

「どうしたの、いきなり」

「いきなりじゃないですよ、さっきから呼んでましたよ」

「え、そうなの」

「そうですよ。でも、並木さんが全然気づいてくれないから」

不満そうに言う部下を慌ててなだめる。

「ごめんごめん、ちょっと考え事してたんだ」

「考え事って、慧琳ちゃんのことですか」

「違うよ」

いかにも苦々しい口振りになってしまった。

「あ、どうもすみません」

軽口が過ぎたことに気づいたのか、佐古田が謝る。

「そんなに気にしなくていいから」

「いえ、ほんとすみません」

差し出された書類を受け取りながら、並木は心の中でため息をついていた。

とにかく今夜、山田と話そう――だがその前に――

昼休み、自席で慧琳にメールを送信した。

「課長に飲みに誘われた。今夜の晩ご飯は作らなくていいよ。帰り遅くなるかも。ごめんね」

日比谷駅A2出口の階段を上りきって地上に出ると、どこに潜んでいたのか、山田がさりげない動作で近寄ってきた。

「お待ちしておりました、並木さん」

それだけ言うと、身を翻して歩き出す。ついて来いということだろう。

横に並ぶと、山田は前を向いたまま何も言わずに頷いた。

有楽町方面に向かってしばらく歩く。建ち並ぶビルの一階はほぼ飲食店で占められている。

その中から山田は『きん楽《らく》』という小料理屋に入った。

中ほどのテーブル席に陣取った山田は、ビールとつまみを二人分勝手に注文した。こちらが下戸でないことも調査済みというわけか。

ビールのグラスが運ばれてくるのを待ち、山田が口を開く。

「さて、今後の方針についてですが、あなたには女を徹底的に油断させて頂く必要があります」

「待って下さい、ぼくはまだ……」

「言ったはずですよ、協力を断られるということになると、あなたを逮捕しなくてはならなくなります」

「なんの罪で？　昨日は不正競争防止法違反とか言っておられましたけど、現時点でぼくはまだなんにもしていない。中国人の彼女と同棲しているだけです」

グラスには手も付けず、帆立と葱《ねぎ》のぬたを口に運んで山田が嗤う。

「あのね、そんなのはね、どうとでもできるんですよ、こっちの方で」

それだけで並木は震え上がった。

相手を屈服させ、服従させることに慣れた者の言い方だ。

「分かりました。できるだけのことはやらせて頂きます」

瞬時に卑屈になってしまった自分がどうしようもなく情けない。

「ご理解頂けて感謝します」

感謝のかけらもない顔で山田は続ける。

「まず、日常生活ですが、普段と違った行動は極力避けて下さい。そうしたことが女の注意を惹くのです。必要以上に女を避けたりとか、怖がったりとかは言うまでもなく厳禁です。いいですね。最も注意すべきはスマホの管理です。普段からスマホは互いに見せ合ったりしていますか」

「いいえ」

「知らない間に女があなたのスマホを見る可能性は」

「ないと思います」

「指紋認証は」

「設定していません」

「パスワードは」

「教えていません」

「結構です。入浴時や就寝時のスマホの管理には充分に注意して下さい。それもごく自然にです。いきなり厳重に管理し出して女に気づかれることのないように。逆に、女がスマホで通話していた場合、極力耳を澄まして聞き取って下さい。それからできるだけ早いうちにメモするようにして下さい。要約など一切せず、聞いたままの言葉を書き取るのです。もちろん聞いている素振りなど見せてはなりません。ましてやメモしていることは絶対に気づかれないようにお願いします」

そうした細かい注意が一時間あまりも続いた。その間に並木はビールを二回おかわりしている。

「それで、ぼくの安全は絶対に保証して頂けるんでしょうね」

話が一段落したあたりで念を押してみる。

「もちろんです」

山田は即答した。即答に過ぎた。その間のなさに、かえって並木は不信感を抱いた。

「慧琳はどうなるんでしょうか」

「最終的には強制送還です」

今度はやや間があってから答えが返ってきた。しかも途中を省いていきなり結末である。強制送還に至るまで何があるのか。想像することさえためらわれた。

「そうですか……そうですよね、ハニートラップですもんね」

「ええ、そうです」

そこで山田は自分のビールを飲み干した。どうやら飲めないわけでも、また仕事中なので遠慮していたわけでもないらしい。

並木はビールよりも苦い思いで、手羽の山椒煮《さんしょに》を黙々と平らげた。


帰宅すると、慧琳はダイニングルームでテレビを観ながら待っていた。

「お帰りなさい」

「ただいま」

鞄《かばん》を投げ出し、コップに水道の水を注ぐ。喉を鳴らして二杯も飲んだ。思った以上に酔っていた。悪酔いというやつだ。

「お酒、だいぶ飲んだみたいね」

「ビールだけだよ。課長に勧められたら、断るわけにもいかないし」

「公務員だもんね、並木さんは」

リモコンを取り上げてテレビを消した慧琳が、こちらに向き直って言う。

「ねえ、今ちょっといい？」

「いいけど、なに」

「考えてみたんだけど……」

何を言おうとしているのか。並木は気になって彼女の向かいに腰を下ろす。

もしかして、山田と会っていたことをすでに察知したのか――

「わたし、やっぱり怖いんです」

「そりゃぼくだっておんなじだよ」

「毎日が落ち着かないし、それはもう不安でたまらないし」

「ぼくもそうだって」

「だから、これを鄭に渡したら、わたし達、もう自由になれるんじゃないかなと思ったんです」

慧琳はダイニングテーブルに置いてあった張の原稿を押しやってきた。

「え、だってそれは前に……」

「これを渡す代わりに頼んでみるんです。もう二度と変な仕事はやらないし、誰にも言わない。わたし達を放っておいてほしいって。並木さんは原稿の内容を知らないから、放置しても問題ないって。どう思いますか」

「どうって訊かれても……」

まじまじと目の前の慧琳を見つめる。

真剣この上ない、思いつめた表情だ。

これは本気なのか、それとも演技なのか。そもそもこのタイミングで切り出してきたのは偶然なのか。

世界がぐるぐると螺旋《らせん》を描いて回っている。酔いのせいではない。

本質的に不安定であった世界の根本が、芯から折れそうになって、嘘と欺瞞とをぶちまけようと右に左に揺れているのだ。

判断できない――とてもぼくなんかの手には負えない――

並木はテーブルの上に突っ伏した。

安いアパートの壁紙のように、現実が端から捲れ返ろうとしている。その裏側にあるものを見たくない。何が真実であろうと構わない。ただの虚構に囲まれて、安逸《あんいつ》に暮らせればそれでいい。

今すぐホームセンターに飛んでいき、現実を糊塗《こと》する補修剤を買ってこられたら。

心底そう願わずにはいられなかった。

6

「池口《いけぐち》係長は馬鹿がつくほど正直で真面目な人でした。しかし、公務員にとってこれほど必要とされる資質があるでしょうか。私はそんな池口さんを大いに買っておりました。ですから、池口さんがお辞めになるのは実に惜しい。できるならこれからも農水省で大いに活躍してもらいたかったというのが私の偽らざる気持ちです」

有楽町の居酒屋『福山家《ふくやまや》』二階にある広い座敷で、並木はぼんやりと栗原課長のスピーチを聞いていた。

並木とは係が違うが同じ総務課の係長である池口が、急逝した父親の代わりに家業の造り酒屋を継ぐため退職することとなった。そこで終業後に課の有志による池口の送別会が催されたのである。

有志と言っても、ほぼ全課員が参加している。強制ではないが、ここで職場の人間関係によけいな波風を立てたくないという極めて日本的な同調意識が働くからだ。

「それでは、池口君の前途を祝して、乾杯」

栗原の音頭による乾杯に、全員がグラスを掲げて唱和する。

「カンパーイ」

宴会が始まっても、並木は鬱々として楽しまなかった。もちろん表面的にはそつのない笑みを浮かべ、周辺に座る同僚達との雑談に興じている。池口の席まで挨拶に行き、八割方社交辞令の空疎な言葉を並べたりもしている。しかし心はどこまでも慧琳との関係にあって、上の空どころか大気圏外という状態である。

慧琳はよく尽くしてくれている。しかしどうにも本心が読めない。疑おうと思えばいくらでも疑える。

一方で、山田からの追及は日々激しさを増す一方だ。ちょうど慧琳が「鄭からしつこく急かされる」と訴えているのと軌を一にして。

このままでは自分達はもう保《も》ちそうもない。ではどうすればいいのだろう。

「考えてみれば、池口さんにとってもよかったんじゃないですか。このまま農水省にいたってノンキャリじゃ先は知れてるし」

「馬鹿言え。それがいいから俺達も公務員になったんじゃないか。今の世の中、変に出世するより適当にやってる方がいいに決まってるだろう」

池口のいる正面の席から離れているのをいいことに、周囲の者達はいつの間にか声を潜めて無責任な放言を始めている。

「そうですかねえ」

「そうだよ。伝統ある老舗《しにせ》と言えば聞こえはいいが、大変だと思うぜ、今どき個人商店の経営なんて」

「公務員だって大変ですよ」

「偉くなるから大変になるんだよ。俺達みたいなのがちょうどいいんだ」

顔を赤くして機嫌よく喋っている者達はいい。横で聞いている並木はひたすら苦痛であった。自分がまさにそういう考えで勤めているからだ。

いたたまれぬ思いに耐えかねて、席を移動しようとさりげなく立ち上がった。

座敷を見渡すと、それぞれが四、五人ずつくらいに固まって適当に盛り上がっているようだった。

下座の隅に佐古田や根本達が集まっているのが見えた。他に中島、長谷川《はせがわ》、岡野《おかの》がいる。

あいつら、楽しそうにやってるじゃないか――

部下達の歓談に参加しようと、ビールの入ったグラスを手に座敷を大回りする形で近づいたとき、

「実際さあ、中国人の彼女ってどう思う?」

そんな声が耳に入った。長谷川であった。囁きにも近い小声ではあったが、確かに聞こえた。

反射的に手前のテーブルに着いて彼らに背中を向ける。そこで話していた職員達に会釈して会話に参加するふりをする。

「慧琳ちゃんのことですか。そりゃあうらやましいですよ。毎日弁当まで作ってくれるし。あーあ、ぼくも早く並木さんみたいに彼女欲しいなあ」

調子よく答えている佐古田に、長谷川が舌打ちして、

「そうじゃなくってさあ、実際に結婚できるかってこと」

「え、どう違うんですか」

「そりゃ付き合ったり同棲したりするくらいならいいよ。でも実際に結婚するかどうかってのはまた別の話だろ」

「それって、別の話なんですかね」

「そうだよ。その子がたとえいい子だったとしてもだよ、家族とか親戚とかがどうかまでは分からないじゃないか。別に偏見で言うわけじゃないけどさ、後になってから結納がどうとか、

借金がどうとか、いろいろ言ってきそうじゃない。それでなくても中国と日本を行き来するだけでも大変なのに、万一トラブったりしたら地獄だぜ。いやホント、偏見じゃないんだけど、文化の違いって大きいよ。日本人には変だなあって思えても、あっちの人には当たり前だったりしてね。その子だって、全然悪気なんかなくてさ、ナチュラルに日本国籍目当てだったりする可能性だってあるわけじゃない。あっちの人にはそれが常識だったりするんだから」

「ああ、よく聞きますよね、そういう話」

佐古田は徹頭徹尾相手に調子を合わせている。それこそ「悪気なんかなく」「ナチュラルに」だ。

並木はにこやかな笑みを浮かべて周囲の会話に頷いたりしながら、背中で必死に長谷川達の話を聞いている。

「いや、そもそもさ、中国はやっぱりヤバいんじゃないの」

そう発言した岡野に、根本が質す。

「ヤバいって、どういうとこがですか」

「昨日やってたドキュメンタリー、観た？　香港《ホンコン》の民主派弾圧ってやつ」

「ああ、あれ、あたしも観ました。もうすっごい怖かった」

「だろ？」

「でも岡野さん、前に『俺は受信料なんて払ってない』とか豪語してませんでした？」

「いいんだよ、そんなのは。それより香港のアレ、もう露骨じゃない。少しでも中国に逆らったりしたら即アウトでさ。人権も言論の自由もあったもんじゃない。完全な独裁国家だよ、中国って。相互監視社会って言うの？　一番怖いのが隣人の密告だからさ。みんな国の言うこと聞くしかないわけ」

そんな番組を放映していたのか――

少しも知らなかったが、内容はこれまでも報道番組や週刊誌で取り上げられたことと大差ないようだった。

それでも岡野の言葉は、いちいち並木の胸に刺さった。

「その番組、俺は観てないけど岡野の言う通りだよ」

長谷川がここぞとばかりに言い募《つの》る。

「偏見で言うんじゃないけど、俺だったら中国人の女の子と結婚なんて絶対に無理だね。だって怖すぎるもん。佐古田、おまえ、親に中国人と結婚しますなんて言えるのかよ」

「言えるわけないでしょ、そんなこと」

日頃「並木さんがうらやましい」と連呼していたはずの佐古田が、至極あっさりと言い切った。

並木はそのことにも動揺を覚えずにはいられない。

「だって、ウチは親も公務員で安定第一だから、ぼくも公務員になったわけですし。それでなくても、親は身許のしっかりした家のお嬢さんと早く結婚してくれなんてよく言ってますね」

「うわっ、サイテー」

さすがに根本は非難するように、

「じゃあ、いつも言ってるアレはなんなの」

「アレって？」

「並木補佐がうらやましいってやつ」

「あれは彼女がほしいってだけです」

なんの自己矛盾も後ろめたさも感じていないのだろう、佐古田がけろりと言い放つ。

「彼女を捨てたら許さないとか言ってたじゃない」

「え、そんなこと言いました？」

「言ってるわよ」

「じゃあ、それはその場の空気っていうか、勢いってだけで。長谷川さんや岡野さんの話を聞いてると、確かに中国人と結婚なんて無理だなって思いますよ。アメリカ人とかイギリス人とかならともかく」

「なんだよ、おまえ、パツキン趣味か」

呆《あき》れたような岡野に、佐古田はまったく悪びれる様子もなく、

「いえ、パツキンと言うよりムネですよ、ムネのサイズ」

「あんた、ほんっとにサイテーね」

根本の声がいよいよ嫌悪感を滲《にじ》ませる。

「まあ、そう言うなよ。パツキンとかはともかく、根本だって結婚となると相手の家族や親類

とかと付き合っていかなきゃならないわけだろ。中国人は都市部の富裕層でもなんだかんだうるさいってのに、山奥の農村とかだったらどうする？　半端ないぜ、中国の田舎《いなか》は。駅からバスで六時間とかさあ。根本、そんなところに嫁に行ける？」

「ムリ！　絶対ムリ」

根本も躊躇なく断言した。

長谷川がなぜか勝ち誇ったように言う。

「ほれ見ろ」

「あたしの場合、もし中国の人と結婚するんなら日本で暮らすってのが絶対条件ですね」

「甘いなあ。子供でも生まれてみろ、爺《じい》さん婆さんが中国から押しかけてきて居座るのは目に見えてるだろ。ライフスタイルや子育ての方針にあれこれ口出ししながらさ。それに耐えられるってのかい」

「それは……ちょっと……」

根本がいよいよ言葉を濁す。

「根本も前に言ってなかった？　青山のお気に入りの店が中国人観光客の名所になって、すっかり駄目になったって」

「それ、言ったような気がします……」

「だろ？　新宿でも渋谷でも、あいつらのマナーの悪さときたら」

話している長谷川の姿は見えないが、きっと顔をしかめているのだろう。

「あいつら、そもそも公共心ってものがないからさ、集団でうるさいわゴミは捨てるわ、品物は買い占めるわ」

「あのね、長谷川君ね」

そこで中島の声が割って入った。

「君、二言目には偏見じゃないって口にしてるけど、さっきから聞いてると君の言ってること、全部偏見じゃない」

「えっ……」

冷静に指摘された長谷川が絶句する。

「いや、俺はそんなつもりで言ってるんじゃないですよ」

「だからそういうのを偏見って言うのよ」

中島はどこまでも容赦ない。

「ポリコレ的にも完全にアウトでしょ。まずいなあとか思わない？　公務員的に」

「そりゃそうかもしれませんけど、俺だって、この面子《メンツ》だからこそ話してるわけで」

「勝手にこっちまで同類にしないでくれません？」

「同類って……少なくとも同僚じゃないですか」

「うん、だからね、同類と同僚は違うの。分かる？」

「まあまあ、中島さん、落ち着いて下さいよ」

落ち着いている中島に対し、岡野が長谷川に妙な助け船を出す。

「元はと言えば並木補佐の話でしょ。その並木さんだって、未だに中国人の彼女と結婚するなんて、これっぽかりも口にしてないわけじゃないですか。やっぱり並木さんも、最初から単なる遊びのつもりなんじゃないですかねえ」

「きっとそうですよ。並木さんて、人一倍面倒くさがり屋ですから」

誰かの尻馬に乗って無責任なことを言うのは決まって佐古田だ。

「異論はないけど、あんたが言う？」

根本に突っ込まれても、佐古田はめげない。

「嫌だなあ。ぼく、面倒になりそうなことには最初から関わらない主義ですから」

へらへらとした口調で、佐古田は公務員にとって最も重要な資質を露《あら》わにした。

面倒になりそうなことには最初から関わらない。

ある意味、佐古田という若者は理想の公務員かもしれない。ただしそれは、国民にとっての理想ではない。公務員にとっての理想である。

「――ねえ、並木さんはどう思います？」

いきなり呼びかけられ、手にしていたグラスを取り落としそうになった。

話を振ってきたのは向かいに座っていた平石《ひらいし》という別の係の職員だった。

気がつくと、その席で話し込んでいた全員がこっちを見ている。

「そうだなあ、ぼくとしては……」

まるで話を聞いていなかった。どうやってごまかすか、懸命に頭を巡らせる。

「うーん、難しいところだなあ……」

「並木さんも、洋画は吹き替えですよね」

隣に座っていた女子職員の坂井《さかい》が同意を求めてきた。

そういう話か――

「そうだね。字幕もいいけど、どちらかと言うとぼくは吹き替え派かなあ」

「やっぱり。並木さんはそうだと思った」

坂井がはしゃぐように手を打って一際大きな声を上げる。

その途端、長谷川達が一斉に振り返った。

「並木補佐……」

岡野が狼狽《ろうばい》したような声を上げる。

「いつからそこにいらしたんですか」

「あれ、みんな、ここにいたのか」

わざとらしくならないよう、努めて自然に驚いてみせる。

「全然気がつかなかった。こっちの話に夢中でね。映画は字幕で観るのがいいか、それとも吹き替えか。なかなか難しい問題でさ」

平石や坂井らがにこやかに長谷川達に目礼する。部下達も慌てて目礼を返した。

「私は字幕ですね。やっぱり映画はオリジナルの状態で鑑賞するのがベストですよ」

長谷川が通ぶったことを言う。それまでの言動を取り繕おうとしているのがよく分かった。

「じゃあ、洋画と邦画じゃ、どっちがお好きですか」

坂井が無邪気に話しかけ、長谷川達を会話に引き込んだ。

岡野も根本も、明らかにほっとしている。それは並木も同様だった。

「ぼくは断然日本映画ですよ。だって、知ってる俳優が出てる方がいいですもん」

それまで自分が話していたことなど忘れ果てたかのように、佐古田が勢いよく身を乗り出す。

並木は中身の残っているビール瓶を取り上げ、自分のグラスに注いだ。微笑みをキープしつつビールを口に運ぶ。

そのとき、中島と目が合った。冷たい吐息にも似た、どこか突き放したような彼女の視線に、並木は自分の嘘を見抜かれていることを確信した。

もしかしたら、中島は自分が聞いていることに最初から気づいていたのかもしれない。根拠はないが、そんな気さえした。

用心するに越したことはない——自然な態度を装いながら自分自身に言い聞かせる。

やがて閉会となった。

二次会に行く者は、それぞれ店の前で集まっているが、ほとんどの者は個別に駅へと向かっている。送別会という名の時間外労働は終わった。一刻も早く帰りたいというわけだ。無論並木も例外ではない。ただし駅には向かわず、タクシーを停めて乗り込んだ。管理職とは言え下っ端の公務員には過ぎた贅沢《ぜいたく》だが、電車を使うと誰かに声をかけられる可能性がある。今はとにかく一人になりたかった。そして考え事をしたかった。

運転手に住所を告げ、ナビに入力してもらう。道を説明するのが面倒だったからだ。

確かに俺は面倒くさがり屋だよ——

佐古田の言葉を思い出し、自虐の昏《くら》い悦《よろこ》びに浸る。

怒りはまったく感じなかった。部下達の指摘が、ことごとく腑に落ちたせいだろうと思う。正鵠《せいこく》を射ていたと言ってもいい。また自分でも驚くほど、彼らに対して心を開いていなかったということもあるのかもしれない。

長谷川や岡野の言う通りだ。

自分には中国人に対する偏見がある。今まで意識することがなかった分だけ、それは自らの深奥《しんおう》に拭い難く浸透している。

否定したいが、否定できない。

慧琳との結婚を想定していなかったのは事実だからだ。その理由についてはこれまで深く考えたことはなかった。いや、むしろ考えないようにしていたのかもしれない。

宴席における部下達のたわいない話は、自分の偽善を正確に衝《つ》いていた。

だがそれにより、かえって自らの内側を明瞭に知ることができたのだ。

自分は中国が嫌だ。右翼的愛国心といったものも持ち合わせてはいないし、それが偏見であるかどうかさえ問題ではない。嫌なものは嫌なのだ。

公共心のなさ。自己主張の強さ。声の大きさ。マナーの悪さ。何もかもが癇《かん》に障る。

慧琳にはそうした特徴は見られないが、それでも中国人には違いない。

中島の顔が不意に浮かんだ。いつも目立たぬようにしているが、彼女のおかげで職場が回っている面は確かにある。有能な実務家で、それでいて辛辣な批評家だ。

彼女なら自分のような心情を偏見だと一蹴するだろう。目に浮かぶ。呆れたような、哀れむような笑みを見せ、次の瞬間には吐き出すように「偏見ですね」と切り捨てて仕事に戻る。

それがどうした――

中島にとってはしょせん他人事《ひとごと》でしかない。対して自分は当事者である。これは自分の人生における大問題なのだ。

岡野の言っていた番組は観ていないが、香港での弾圧や、少数民族への非人道的な迫害についてのニュースはよく見かける。今まではそれこそ他人事として眺めていたが、中国人と結婚するとなるとそうではなくなる。

〈偏見〉という言葉にするとそれは醜い。しかし人は誰しも心に醜いものを持っている。持たないという者がいれば、それこそ大嘘つきか己を知らぬ大馬鹿だ。

一方で、いみじくも長谷川が言ったように〈文化の違い〉と称したらどうだろう。それはどちらが悪いのでもない、いわば根源的な断絶であって、互いに理解し合うのが困難だというだけである。

自分に偏見があるのなら、相手にも必ずある。それは一朝一夕でどうにかなるものでは決してない。ましてや結婚という問題になってくると、看過できるものではないはずだ。

軽薄な口調のため本質が見えなくなっているが、佐古田の言動の数々は、実は最も堅実なものであったと言えるのではないか。

そう考えると、迷いの霧が晴れてきた。

悩む必要などなかったのだ——

慧琳とは結婚できない。だから付き合っていても仕方がない。ましてやハニートラップの女など。

タクシーがマンションの前で停まる。クレジットカードで料金を払い降車した。

自室のドアを開けると、ダイニングテーブルに座っていた慧琳が顔を上げた。

「おかえりなさい」

「ただいま」

内心の決意を悟られぬよう注意しながら靴を脱いで上がる。

慧琳は例の原稿の翻訳に取り組んでいた。まるで夜なべの内職でもやっているかのようなその風情が、今の並木にはかえってわざとらしく感じられた。

そもそも張の原稿に意味はない。単なる口実のための小道具でしかないのだ。無意味であると承知の上で演技を続けているところが腹立たしく、また空恐ろしくもあった。

「どう、はかどってる?」

何か言わなくてはと思い、そんなことを口にした。

「それがね……」

ため息をついて、慧琳は翻訳済みの原稿の中から二、三枚を抜き取って差し出した。

「どの原稿も短編小説なんですけど、作者の張さんは新作に取りかかるたび登場人物の設定を表にしていて……手書きの部分は大体その人物一覧なんです」

「へえ、どれどれ」

ダイニングチェアにかけ、受け取った翻訳原稿に目を通す。

主人公らしき人物から順番に、各登場人物の出身地、学歴、職歴、家族構成、親族関係、交友関係、病歴、趣味、性格、思想信条等がびっしりと書き込まれている。どうやら書き出す前の必須作業と心得ているようだ。アマチュアにはありがちなことなのかもしれないが、張もまたよけいな設定に凝るあまり、そこでエネルギーを使い果たしてしまうタイプだったのだろう。

「なるほど、こりゃあ面白くない」

「でしょ？」

慧琳は我が意を得たりというように、

「作者には楽しいのかもしれないけど……作品自体が面白いんならともかく、つまらないのばっかりだけになおさら……」

「申しわけない。大変なことを頼んじゃったね」

「まあ、残りちょっとだし、ここまで来たら全部やるけど、もう肩が凝って……」

つらそうに首を回している。

「ほんと、すまない」

立ち上がって慧琳の後ろに回り、両手で肩を揉《も》んでやる。

「確かにだいぶ凝ってるね。今日はどれくらいやってたの」

「二時間くらいかな……ああ、気持ちいい。並木さん、筋がいいね。公務員やめてもマッサージでやっていけるんじゃない」

「そうかな」

「そうよ。絶対に向いてると思う」

嬉しそうに慧琳が言う。

自分の真意をごまかすつもりでいたのが、話の流れからついいつもの調子で彼女の肩を揉んでしまった。

心地よさそうにしている慧琳に対し、気持ちが怯《ひる》むのをどうすることもできない。

それにこの白い肩の感触だ。自分を信頼しきっている。

この女は中国人なんだ――ハニートラップなんだ――自分はそんな女と結婚するつもりなんかない――だから早く別れた方がいいに決まっている――

真剣に慧琳の肩を揉みながら、並木は何度も自らに言い聞かせた。

7

指定された市ヶ谷のカフェに入る。席に着いてカフェラテを注文してからちょうど二分後、まるで計っていたかのように山田が入ってきた。

「お待たせしました」

ごく自然な動作で並木の向かいに座り、近寄ってきたウエイトレスにコーヒーを注文する。

「さて」

並木が口を開く前に、山田はおもむろに言った。

「今日来て頂いたのはほかでもありません。あの女について新たな情報が入りました」

「新たな情報、ですか」

山田に対し改めて協力の決意を伝えようと身構えていただけに、並木は少し意表を衝かれて間抜けな声を発してしまった。

「そうです」

「なんなんですか」

「お待ち下さい」

山田が待てと言ったのは、ウエイトレスがドリンクを運んでくるまでの時間であった。会話の断片を聞かれまいと用心しているのだ。

ウエイトレスが去るのを待って、山田は持参したブリーフケースから数枚の書類を取り出した。

「ご覧下さい」

「はあ」

公用の書類のようだった。手に取って眺めてみたが、中国語の簡体字で記されているため、何が書かれているのかさっぱり分からない。

「なんですか、これ」

「婚姻届です。夫の名は夏興国《かこうこく》、妻の名は黄慧琳と記されています。それは河北省の山間部にある役所に提出された正式な書類のコピーです」

愕然として顔を上げる。

「まさか」

山田は無表情のまま頷いて、

「そうです。あの女は結婚しているのです」

慧琳が、既婚者だって――？

「あの……なんて言うか、とても信じられません」

「しかし事実なのです。もっと早く調べがついていればよかったのですが、情報の収集に手間取ってしまったことをお詫《わ》びします」

「信じられません」

混乱しているせいか、同じ文言を繰り返してしまった。初期化されたハードディスクのようにまったくの空白となった脳髄の内には、他に言うべき言葉を見出せなかった。

「……そうだ、もしかして同姓同名の他人とか」

救いを求めるような心境でそう言うと、山田は一枚の写真を差し出した。

仲睦《なかむつ》まじく腕を組んでいる若い男女。見知らぬ男と、慧琳であった。

「婚姻届のコピーに比べると、写真の入手は容易であったということです」

「この男が……」

「夫の夏興国です。地区共産党員で、地元の食品工場に勤めているそうです」

写真の中で、慧琳は天真爛漫《てんしんらんまん》に微笑んでいる。間違いない。並木の知るあの笑顔だ。しかも今よりほっそりとして少し若い。改めて書類の日付を見る。西暦のローマ数字なので読み取れた。慧琳が二十歳を過ぎた頃だ。

「あの、疑うわけじゃありませんが、これ……」

「合成写真ではありませんよ。お疑いなら調べて頂いても結構です。そういうサービスを提供してくれる企業もありますから」

先回りするように山田が言う。

「そうですか」

我ながら情けないため息が出た。

自分が今感じているこの痛みはなんなのだろう——

裏切るつもりでいたのだから、傷つく理由などないはずだ。

こちらが裏切る前に、最初から裏切られていた。いずれにしても意味はない。そもそもハニートラップであった時点で裏切られていたのだから。

そのことに対する怒りか。己の愚かさに対する絶望か。あるいは、嫉妬か。

違う。いや、違わない。嫉妬がまるでないといえば嘘になる。

中国人の女など捨てると決めたはずなのに、心のどこかで慧琳を信じたいと思っていたのだ、この期に及んで。

なんという優柔不断、なんという未練。加えてなんという思い上がり。嗤うしかないが、強《こわ》張《ば》った顔の筋肉は凍りついたように動かない。

「ご納得頂けましたか」

「ええ」

写真をつぶさに検分する。

慧琳は、本当に幸せそうに笑っていた。

その女が、留学生と称して自分のマンションで暮らしている。そこまでやるのかという恐ろしさを感じた。

「お察しします」

こちらの動揺と葛藤など、それこそすべて察したように山田が言う。そしてそれきり黙っている。

「慧琳に指示を下している男は、鄭という名前だそうです」

沈黙に耐えかねて、並木は思わず口走っていた。自分を騙していた慧琳に対する腹いせもあったかもしれない。言ってから、それこそが沈黙の意図であったのだろうと思い至る。

「鄭、ですね」

「はい」

「そのことをなぜもっと早く打ち明けてくれなかったのですか」

「それは、ぼくも昨日初めて聞いたんです。なので、今日直接お伝えしようと」

「なるほど」

山田はもっともらしい顔で頷いたが、少しも信じていないのは明らかだった。

「他には。鄭の部下や上司の名前は」

「いえ、知りません。慧琳が接触しているのは鄭一人のようです」

「この工作に関わっているのが一人とは考えにくい。在日中国人工作員の数は一般の日本人が想像しているよりはるかに多いのです。ほとんどが偽名でしょうが、具体的な人名をもっと聞き出すようにして下さい」

「分かりました。やってみます」

目の前のカップを手に取って、冷めきっていたカフェラテを一口で飲む。それほど喉が渇いていた。

「中国のやり口はこれでお分かりになったことと思います」

「はい」

全面的に同意する。

「私達は鄭の所在を突き止め、関係者を一網打尽にする作戦をなんとか立案します。それまであなたは、従前通りの方針に従い、できる限り情報の収集に努めて下さい」

「はい」

「このことはくれぐれも女に悟られないように。あくまでも何も知らない演技を続けて下さい。いいですね」

「はい」

こうなるともう何を言われても、並木は「はい、はい」と繰り返すしかなかった。

この女が既婚者――

ダイニングでこつこつと翻訳を続けている慧琳を見る目に、そんな感情が交じるのを抑えることができない。

「どうしたの」

気づくと、慧琳が不審そうにこっちを見ている。

「いや、今日課長に怒られてさ。ぼくのミスじゃないんだけど、言いわけするとよけいに気まずくなりそうで。なにしろ査定がかかってるからね」

「そう。役人は大変ね」

慧琳は決まり文句を口にしているが、その瞳が完全には納得していないと告げているように感じられ、並木は寝室へと引っ込んだ。

演技なんて、どだい自分には無理なんだ――

そう分かってはいても、無理な演技を続けるしかない。もともとが演技の同棲で、さらには相手の女に対しても演技する。言うなれば二重の演技を余儀なくされているのだ。

こんなことってあるのかよ——

つらい。苦しい。もどかしい。

「ねえ……」

ベッドで自分に寄り添ってくる慧琳の温もりに、嫌悪感を覚えて突き放す。

「ごめん、今日はちょっと」

「あ、気にしないで。そういう日って、あるもんね」

慧琳も慌てて取り繕うように言う。

「ほんと、ごめん」

言いわけがましく繰り返す。慧琳は「うん」と欠伸《あくび》のように漏らす。

はっきりと自覚する。嫌悪感だけではない。そこに嫉妬まで加わるから苦しいのだ。

嫉妬？　どうして自分が？　こんな女に？　中国人に？

口から飛び出しかけた絶叫を胸の奥へと押し戻し、並木は毛布を頭の先まで引き上げた。


そんな日々がもう何日続いたろうか。

朝起きて、出勤し、仕事をこなし、帰宅する。その間、胸はずっと塞がっている。心はずっと死んでいる。時折心が蘇生するのは、慧琳の裏切りを思い起こすと同時に鋭い痛みが全身を走り抜けるからだ。まるで心臓に電極が差し込まれていて、慧琳について考えるや否やすかさず作動する仕掛けにでもなっているように。

そんな自分の変化を、慧琳も察知しないはずがない。日を追うごとに、彼女も次第に無口になっていった。

ある晩帰宅した並木に、慧琳がおずおずと話しかけてきた。

「あの、ちょっといい？」

「なに？」

精一杯の笑顔を作ったつもりだが、さぞ魂の抜けたものに見えたことだろう。

慧琳はいよいよ言いにくそうに、

「鄭のことなんだけど」

「また何か言ってきたのか」

「原稿の在処を早く突き止めろ、もう待てないって」

山田からの情報によると、張の原稿はあくまでカモフラージュであって、中国の真の狙いは農林水産省が管轄する農業技術である。

もうバレているとも知らず、そんな口実を繰り返すのか――

「『同棲にまで漕《こ》ぎ着けながら成果がないでは済まされない、おまえの工作が足りないからだ』って。酷いと思いませんか、〈工作〉なんて」

「そりゃ、あからさまに言ったらもっと酷くなるっていうか、身も蓋もないからだろう」

うっかり話に乗ってしまった。

「鄭はこれ以上成果を出せないようだと別の手法に移行せざるを得ないって」

「なんだよ、別の手法って」

「知りませんよ。とにかく、鄭をごまかすのはもう限界なんです」

「そんなこと言われたって、ぼくにもどうしたらいいのか……」

「だからわたし、思いきって宋佳さんに連絡してみたんです。相談したいことがあるから、会ってくれませんかって。そしたら時間を作ってくれて」

「宋佳さんって……いつか言ってた婆さんか」

「ええ」

「なんでそんなことをするんだ」

我知らず怒鳴っていた。

「その婆さんにはもう何も話すなって言っただろう」

「言ってないよ」

「言ったよ」

「いいえ、そうは言わなかった」

「いいよ、じゃあその婆さんに話すなとは言わなかったとして、ぼく達だけの秘密にしようとは言ったよね、最初にさ」

慧琳は俯く。

「それは言いました」

「なのになんでまたわざわざ話すわけ？」

「並木さんだって今、どうしたらいいか分からないって言ったじゃないですか。わたし、本当に困ってて、苦しくて、だけど頼れる人が他にいなくて、それで……」

「鄭の命令通りハニートラップになったって言ったのか」

「はい……」

彼女はいよいよ悄然《しょうぜん》となった。

「分かったよ。それで、その婆さんはなんて言ったの」

「最初に『そんなに並木さんが好きなのか』って訊かれました。『本心から一緒になりたいと思っているのか』とも」

下を向いていた慧琳が顔を上げた。その視線にたじろぎがなかったと言えば嘘になる。その一方で、彼女の答えが気になった。

「『もちろんです』って答えました。だって、わざわざ相談に乗ってもらってるんですから、そう答えるしかないじゃないですか。並木さんは迷惑かもしれないけれど」

「いいよ、そこで変な気を遣わなくても」

「宋佳さんが言うには、とりあえず状況について調べてみるって。その上で対処法を考えるから心配するなって」

「なんだよ、それ。鄭が中国のスパイだってその婆さんは知ってるわけだろ？　なのにどんな対処法があるってんだ。どう考えたって一般人に手出しできる問題じゃない。騙されてるんだよ、君は」

「それはそうかもしれませんけど……」

「聞けば聞くほど怪しいじゃないか」

「でも、今さらわたしを騙して、宋佳さんにどんなメリットがあるって言うんですか」

「それは……」

首を捻りながら返答する。

「ぼく達に心理的揺さぶりをかけるため、とか？」

「おかしいです。宋佳さんの言うことを信じて何もせずに待っていたら、任務遂行が遅れる一方です。鄭の狙いと矛盾します」

実は矛盾しないのだ、とは慧琳には言えない。

それを知っていながら堂々と反論できる慧琳も実に大した役者だと言わざるを得ない。ならばこちらも役者に徹するしかないと、かえって肚《はら》が据わってきた。

「もしかしたら、婆さん、そのうち馬鹿高い相談料を吹っ掛けてくるかもしれないぞ。今までこっちが話した内容を脅しのネタに使ってさ」

「それはないと思います」

「どうして」

「もしそんな人だったら、すぐに悪い噂が立って、あんなに慕われてないと思います」

「じゃあ、『危険だから原稿は私が預かろう』とか言い出すかもしれないぞ」

それには慧琳もはっとしたようだった。

「それは、あり得るかも」

「だろ？　それがスパイってもんだよ」

なんの根拠もなく知ったかぶりで断定的に言う。

「もっと考えると、君は鄭のことについて婆さんに打ち明けているわけだろう？　もしその婆さんが鄭の仲間だったら、君の裏切りはすべて筒抜けになってるってことじゃないか」

慧琳の顔色が変わった。

「どうしよう、わたし……」

役者の中には涙を自由に流せる者も少なくないと聞くが、それにしても迫真の演技だった。

「だからぼくが言った通り――」

そんなことを言いかけて、不意に気づいた。

「ちょっと待て、つまり原稿のことまで婆さんに話したってわけ？」

「ええ」

「待てよ待てよ、婆さんが鄭の一味だとすると、原稿をすでに見つけてあるのを鄭はもう知ってることになるよね」

「そうなりますね」

「なんかおかしくない？　だったら鄭はすぐにでもそれをよこせって言ってくるはずだろう」

「ですよねえ」

首を傾げている慧琳の様子は、これまた演技とは思えなかった。

調子に乗ってあれこれ言ってしまったが、これ以上続けていると自分がいろいろ知っていることを気取られかねない。

「もしかしたら、明日にでも鄭からまた連絡があるかもしれません」

慧琳が言ったのを幸い、いいかげん切り上げることにした。

「じゃあ、もうしばらく様子を見るしかないんじゃないかなあ」

我ながらわざとらしい口調であった。慧琳の演技力には到底及ばない。それでなくても、男と女の駆け引きでは概して女の方に分があるものだ。

「そうですよね」

慧琳もそれ以上は何も言わなかった。

一人で風呂に入り、狭い湯船に浸《つ》かりながら考える。

もしかしたら、自分は何か勘違いをしているのかもしれない——

婆さんが鄭の一味だとして、慧琳は一体なんのためにそんな話を自分にしたのか。

もしかしたら、宋佳なる老婆は実在せず、すべて慧琳の作り話かもしれない。

いや、だとしてもやはり慧琳がそんな話をする意味がない。

あるいは、図らずも自らが指摘した通り、心理的揺さぶりをかけるためか。

それならば充分以上に心が揺れた。揺れはしたが、それでどうなる。得体の知れない第三者に秘密を話した慧琳に対して、不信感を募らせるだけではないか。

いよいよ以《もっ》てわけが分からない――

婆さんのことはともかく、慧琳はもう信用できない。彼女には夫がいる。それだけは確かなのだ。

並木は両手にすくった湯で顔をこする。以前は浴室全体が水垢《みずあか》で赤っぽく染まっていたが、慧琳のおかげで清潔な空間に変わっていた。

騙されるもんか――

何度も何度も湯をすくい、並木は執拗《しつよう》に顔を洗い続けた。

「お湯加減、どうですか」

ドアの外からいきなり訊かれた。

「最高だよ、最高」

泣きながら怒鳴っていた。浴室特有の反響で、慧琳が声の異変に気づかないことを願いつつ。

8

「きれい……」

駅から続く道の途中で、壮麗な山々の稜線を仰ぎ見た慧琳《えりん》が嘆息した。

「そうだね」

我ながら素っ気ないリアクションしかできなかったのは、周囲の光景がどことなく並木の記憶と違っていて、色褪《いろあ》せた埃《ほこり》っぽいものに感じられたからだ。快晴にはほど遠い、雲の垂れ込めた陰鬱な天候があずかっているのかもしれない。心なしか、吹き抜ける風もいやに冷たい。

長野県伊那市の田舎町。慧琳にせがまれるまま、並木が土日を使って一泊旅行に出かけたのは、彼女の疑いを逸《そ》らすためでもあるし、また逆に相手の隙を見出すためでもある。何より、並木自身が息の詰まるような毎日に窒息しそうになっていた。

——この前見せてくれた長野の写真、覚えてる？

そう切り出してきたのは慧琳の方だ。

覚えてるも何も、すべてのきっかけとなった写真である。忘れるわけがない。第一、そこは並木の故郷なのだ。

——長野って、行くのに何日くらいかかるの。

——何日ってことはないよ。その気になれば日帰りだってできる。

呆れて正直に答えたのがまずかった。

——連れてって下さい、一度でいいから、わたしを長野に。

唐突な提案であったが、慧琳はその理由をくどくどと説明した。つまり、慧琳は鄭《てい》にちゃんと活動していると報告ができる。対象《ターゲット》の心を捉えるべく日夜手を尽くしている証拠のアリバイ作りになるというわけだ。

それは並木にとっても同じであった。慧琳には秘密にしているが、並木も山田にしつこく成果を要求され閉口していた。いや、実際に並木は本気で協力するつもりになっていたから、慧琳のように単なる言いわけなどではない。彼女の背後にいる鄭とその組織の情報を聞き出す機会になるかもしれないと考えた。

心弾む旅になろうとは少しも、まったく、これっぽかりも期待できない。

断る口実はいくらでもあったと思う。しかし並木はついその気になった。しかも、どうせなら温泉にでも一泊するか、とまで言ってしまった。結果、その週末には二人で朝から新幹線に乗っていたという次第である。

実家はすでにないが、さすがに生まれた町に行くのはまずいので、いい旅館があるという口実で三駅離れた町に宿を取った。どうせ似たような田舎町だ。現に慧琳は大喜びしている。

また稜線だけでなく、古びた町並も、田畑や小川の光景も、あの写真とそう変わらぬものであったのは確かである。それでも並木は違和感を拭い去ることができなかった。

自分が幼かった頃も、日本はすでに不況の中にあった。あれから長い年月が過ぎたというのに、日本は未だ不況を脱する糸口さえ見出せずにいる。それどころか、今後ますます酷いことになっていくのは自明であった。町に荒涼とした雰囲気が漂っていたとしてもおかしくはない。

だがそんなことではないのだと、ささくれた空気が告げている。

何かが違う。何もかもが違う。心がすっきりと晴れないのは、空模様のせいでは断じてない。

「きれい」

同じ言葉を繰り返し、慧琳が並木の腕を取った。

その感触に確信する。慧琳のせいだ。

この女には夫がいる。なのにこうして自分を騙す。旅を楽しんでいる演技をする。その精神構造が分からない。

中国人とはみんなこういうものなのかとさえ思ったりする。

――だからそういうのを偏見って言うのよ。

不意に中島の声が聞こえたような気がして、並木は驚いて足を止めた。

池口係長の送別会。有楽町の居酒屋で、中島がじっとこちらを見つめている。

「どうしたの」

慧琳が不審そうにこちらを見る。

「いや、地元の空気を味わってたんだ。懐かしいなあって」

「そうでしょうね」

にっこりと微笑んでくれた。出会った頃と同じ、あの微笑みだ。しかし今の並木には、偽りの仮面にしか見えなかった。恐ろしく出来の悪い、メイド・イン・チャイナの安い玩具《おもちゃ》だ。

直前に予約が取れただけあって、宿はさほど立派な構えではなかった。通された部屋も同様である。ありきたりの間取りで、壁には染みが浮いていた。それでも慧琳は大はしゃぎであった。何しろ来日以来初めての旅行なのだ。

並木には、そうした彼女の一挙手一投足が、ことごとく演技であると分かっている。

「思い出すわ。わたしの故郷も山が近くて、田圃《たんぼ》があって」

慧琳が嬉しそうにすればするほど、並木の心はすり減っていく。

故郷だって？　夫の勤める食品工場があるという町か？

早速温泉に入り、部屋で夕食を済ませた頃、意外にも雲が晴れ星が覗いた。それだけは子供の頃と少しも変わらぬ、満天の星というやつだ。

「こんな星、日本に来てから初めてだわ」

宿の窓から空を見上げ、慧琳が歓声を上げる。

「東京じゃあ、絶対にここまでは見えないからね」

口先だけの相槌《あいづち》を打つ。

聡明な彼女のことだ、自分の変化に気づかぬはずはないと思う。だがさすがに既婚者であることがばれているとまでは想像もしていないだろう。

「ああ、子供の頃に戻れたらなあ」

うっかり漏らしたその一言だけは、並木の偽らざる本音であった。

「わたし、なんでこんなこと、やってるんでしょうね……」

振り向いた慧琳が、どこか儚《はかな》げに呟いた。

「こんなことって？」

半ば機械的に聞き返す。

夫を残して日本に来て、馬鹿な小役人を騙すことか――

「普通の暮らしでよかったのに。普通に並木さんと出会いたかった。そしたら、並木さんと旅行、もっともっと楽しめたのに」

その述懐が本心であろうはずはない。なのに並木の心をかき乱す。

「わたし、何をやってるんでしょうね」

それはこっちが聞きたいよ――

喉元に込み上げてきた衝動を強引に押しとどめる。すぐ横にあった冷蔵庫から缶ビールを取り出し、生ぬるい液体とともに腹の奥へと押し戻した。


一泊二日の小旅行は、表面上何事もなく終わった。ただ帰京したとき、並木の心には以前に増して慧琳に対する不信感が募っていた。

それを察知しているのかいないのか、慧琳は感謝の言葉を述べるばかりであった。

偽りの同棲の日々は平穏且つ不穏に過ぎていく。

並木の元には山田から定期的に連絡があった。慧琳も依然として鄭から責め立てられているようだ。

いろんなものが限界へと近づいている。膨らみすぎた風船が破裂のときを待つように。

並木は来たるべき破局を予感していた。そうかといって、できることは何もない。何をすべきかさえ分からない。ただいたずらに疲弊し、消耗し、夜明けを待つ。明けるかどうかさえ定かでない夜に耐える。

いっそ山田に訴えようか――もう我慢できない、早く慧琳を逮捕してくれと。

夕食後、寝室でぼんやりとテレビを眺めていたとき、慧琳の呼ぶ声がした。

「並木さん、ちょっと」

「え、なに？」

なんの番組なのかも分からないテレビ画面から目を離さずに応じる。

「いいから、ちょっと来て」

いつもと違う切迫した様子であった。並木はリモコンを取ってテレビを消し、キッチンに向かう。

「これを見て」

慧琳が差し出してきたのは、例の翻訳原稿であった。

そいつに意味がないってことはもうバレてんだよ――

苦々しく思いつつもうわべだけは優しく尋ねる。

「それがどうかしたの」

「やっと翻訳が終わったんだけど……」

並木が頼んだ翻訳を慧琳はずっと続けていたのだ。

「そいつはご苦労様。つまらない原稿の翻訳なんかさせて悪かったね」

心がこもらないどころか、官僚の作成した答弁書を棒読みする政治家のような口調になった。

さすがにまずいと反省する。

「それはいいの」

慧琳はまるで気にしていないようだった。と言うより、何か別のことに強く心を惹かれているような面持ちであった。

「何か面白いことでも書いてあった？」

「いいえ。小説は全部面白くなかったです。それより、こっちを見て下さい」

相変わらず率直極まりない感想だったが、慧琳は自らの翻訳原稿の中から一枚を抜き出した。

「これなんですけど」

手に取って一瞥《いちべつ》する。二十人ほどの人物名の下に、年齢、経歴、家族構成等が事細かに記されていた。

「ああ、前に言ってた人物表ね。こんなのまで翻訳させちゃって、ほんと申しわけない」

「そういうことじゃなくって」

慧琳はいよいよじれったそうに、

「この人物表だけ、対応する小説がないんです」

「そりゃあれだろ、設定だけ作ったけど、そこで力尽きたっていうか。この表だけほかのより細かく作ってあるみたいだし。アマチュアの作家志望者にはよくあることなんじゃないの」

「わたしも最初はそう思ったんです。でも、よく見ると、見覚えのある名前が並んでて、なんだろうと思って考えてみたら、全部実在の人物でした」

「ああ、それもよくありそうだね。キャラクターの名前が思いつかなくて、好きな俳優の名前を使ったとかさ」

「違うんです。これ全部、政治家の名前です。しかも、現政権の上から順番に書かれてます。厳密には共産党中央政治局委員って言うんですけど」

慧琳が自分のスマホを並べてみせる。そこには中国共産党の組織図が表示されていた。常務委員会を構成する七名、いわゆる『チャイナ7』の序列は記されているが、他の十八名の委員は名前のみで序列は明示されていない。

「へええ」

再度原稿に視線を落とす。国際情勢に関心の薄い並木でさえテレビやネットの報道で見かけたような名前が散見された。しかもそこには、中国外務省のホームページでも公にされていない八位以下の序列がはっきりと記されている。

「でも中国共産党のトップは総書記だろ。その名前がないってことは、やっぱり――」

「それは既定事項で書く必要がなかったからじゃないですか。序列二位の国務院総理の名前もありませんから。書かれているのは序列三位から下です。つまり、総書記と国務院総理が序列を決めるための参考にしたものじゃないでしょうか」

「ちょっと待ってよ。いくらなんでもそれは飛躍しすぎじゃないの」

「ここ、よく見て下さい」

慧琳が指し示したのは、序列十一位と記されている人物名だった。

「この人だけ、実際には任命されていません。それ以外は現実の委員ばかりですから、この表はほとんど最終段階になって作成されたものだと思います。なのに、十一位とされている人だけ違ってる。何かあったんですよ、きっと」

「ええと、整理させてくれ。すると、この原稿に記されている各人物の設定は、架空のものじゃなくて、実在の政治家の経歴とか派閥とか出自とか個人情報とかってこと？」

「それだけじゃありません。もっと際どいことも書いてあります。愛人は何人いて、どこの誰々で、その係累にどういう勢力の人がいるかとか」

「えっ、そんなことまで書いてあんの」

「はい」

「もしかして、張《ちょう》さんの妄想だったりしない？」

「だといいんですけど、ちょっと考えにくいです。ほんの少し検索しただけでも、あまりにも現実と符合しすぎてます」

「それはつまり、ここに書いてあることは全部ほんとってこと？」

「だと思います」

　並木は手にした原稿に再度視線を落とし、

「でもさ、十一位の人だけ違ってるわけでしょ。だったら――」

「そこが問題なんです」

　心なしか慧琳の声が震えている。

「これが本当に人事案のためのメモだったとしたら、なんらかの事情で十一位の人を外した。どういう事情かは分かりません。そこに書かれている設定……じゃなくて本当の経歴には何もまずいことは書かれてませんし、そもそも、明らかに問題のある人が序列十一位の候補にまで挙がってくることはあり得ません。ここには書かれていない情報が出てきたか、もしくは調整の都合で、最終的に十一位になった人を抜擢《ばってき》する必要が出てきたとか」

ありそうな話だと思った。素人目にも中国の権力構造は複雑怪奇だ。派閥間の調整は天気予報と同じで常に予想外のことが起こり得る。

「なるほどねえ。でもさ、それがどうしたって言うの。ぼくには今一つピンとこないんだけど」

「十一位になるはずだった人がこれを見たらどう思うでしょうか。十一位候補になるなんて、相当な権力者ですよ。中国全土で上から十一番目に偉い人ですよ。大きな勢力の代表とか、何かの利権を握っているとか、影響力は持ってるはずです。これで政権がどうこうなるって話でもないでしょうけど、党指導部の人間関係がぎくしゃくするとか、多少の波風は立つんじゃないかと」

「要するに、表に出たらまずい私的メモみたいなもの?」

「はい。張さんがどういう地位にいた人かよく分かりませんけど、今の総書記が序列を決める際に助言する立場にいたか、そんな人と親交があった。それで覚え書きとしてメモを作成した。ところが、蓋を開けてみると十一位の人だけ違ってた。そこに思うところがあったので、メモを廃棄せず残しておいた。その隠し場所として、張さんは小説の人物設定に見せかけて自分の原稿にまぎれ込ませた、というところじゃないでしょうか」

「でもそれって、全部君の推測だよね。根拠なしの」

「はい」

慧琳はなぜか自信ありげに肯定した。

「わたしの推測です。根拠はありません。でも、これが表に出るのは嫌だなって思う人、きっといると思います。だから鄭は、わたしにこれを探すように命じたんです」

慧琳の推測が当たっているとすれば、山田の説明は根底から覆される。すなわちあっちが嘘ということになる。

原稿には意味があった——世界を震撼《しんかん》させるような秘密ではないが、諜報機関が入手したがる程度の秘密が隠されていた——

嘘と欺瞞。自分はその二つに苦しめられた。苦悩の底でのたうち回った。しかしそれは底ではなかった。嘘と欺瞞に底はない。

空転する思考を持て余し、並木はただ無心に目の前の慧琳を見つめるしかなかった。


「どうかしたんですか」

三ノ輪のカフェで、山田は疑わしげに訊いてきた。

「え?」

「いえ、なんだかぼうっとしておられるようでしたから」

「すみません、このところちょっと寝不足で」

並木はありきたりにもほどがある言いわけを口にした。ありきたりだが、それだけに実効性も汎用性もある。

「分かります。一般の方がこんな案件に関わると大概はそうなりますよ」

山田は納得しているようでもあり、その実、まるで信じていないようでもある。

張の原稿は無意味な反故《ほご》などではなく、中国共産党中央政治局の人事素案であった——そのことを慧琳が指摘した晩、並木は彼女と二人で夜通し議論した。

それは事実なのか、あるいは考えすぎなのか。

仮に事実だとしても、果たしてこれをどうすればいいのか。

自分達が持っていたら危険ではないのか。

そうかと言って、どこの誰に託せばよいのか。

いくら話し合っても、素人の自分には結論を出せるほどの知識も経験もない。

さらに並木は、慧琳にも言えない疑念をも抱えていた。その発見が慧琳による欺瞞ではないかという疑いである。しかし人物表に書かれている内容をネットで——それしか手段を知らないのが情けないところだが——くまなくチェックしてみた結果は、慧琳の指摘した通りであった。関係者でないと知り得ないような情報まで記されているが、それが事実かどうかまではそれこそ調べようもない。

少なくとも慧琳は、嘘は言っていないということだ。また同時に、中国語が読めない並木には彼女の翻訳自体がデタラメであったとしても見破ることは不可能である。

結局は例の如くに、「しばらく様子を見ながら考える」という方針に着地した。いや、それしかないと言った方がより正確かもしれない。

山田に対してうっかり弁解じみたことを言ってしまったが、考えてみれば弁解でもなんでもなかった。あの夜からさらによく眠れなくなったのは純然たる事実であったからだ。

「これ、今回の分です」

並木は山田に数枚のレポート用紙を渡す。この数日間の慧琳の行動を手書きでメモしたものである。張の原稿に関する慧琳の〈発見〉についてはもちろん触れてもいない。

「拝見します」

ざっと目を通した山田は、自分の鞄に手早くしまいながら言った。

「見たところ大きな変化はなさそうですね。長野への旅行でも結局収穫と言えるようなものはほとんどなかったわけですし」

「はい。毎日淡々と生活してるっていうか、それだけです」

「向こうも下手に焦ってこちらの不審を招かないよう注意しているのかもしれません。あなたも迂闊に詮索するようなことは避けて下さい」

「ええ、それはもう」

いつもと変わりない答えを返しながら、並木は胸の中でずっと迷い続けていた。

張の原稿について、山田に打ち明けるべきか、否か。

山田は「原稿の話はすべて嘘」だと明言した。しかし慧琳の推測によると原稿は〈ある階層の人達〉にとっては放置できない危険物である。

どちらを信じるべきなのか。

考えるまでもない。慧琳には夫がいるのだ。最低で恥知らずなハニートラップの女だ。自分は最初から騙されていた愚か者でしかなかったのだ。

なのに——どうしても踏み切れない。

山田は原稿の価値を本当に知らなかったのかもしれない。一方で、知っていながらとぼけていたという可能性も否定できない。もし後者だった場合、ここでその価値を教えてやれば、山田が自分に何を要求してくるか知れたものではなかった。

その要求が、慧琳をいよいよ追い込むことになるのは想像に難くない。

結婚してるのを隠してた女なんだぞ——

そうと分かっていながら、なぜ自分が躊躇しているのか、その理由自体がもう分からなくなっている。

「どうかしましたか」

山田の声で現実に——あるいは悪夢に——引き戻された。

気がつくと、相手はじっとこちらを見つめていた。虚《うつ》ろなガラス玉のようでいて、粘り着く飴玉《あめだま》のようでもある眼球。そのべとべとした粘り気が、こちらのあらゆる変化を見逃さずに絡め取っているのだろう。いずれにしてもあまり直視したくない目だ。

「あの、山田さん」

「なんですか」
「あの、ぼく、あなたにお伝えしたいことがあるんです」
「伺いましょう」
「あの……」
「はい」
「こんなこと言うと変に思われるかもしれませんが……」
「いいえ、そんなことはありませんので続けて下さい」
「本当ですか」
「本当です」
「山田さんを信用して言うんですけど……」
「光栄です」
「あの、ぼく、立派に協力してますよね」
「ええ、とても」
「じゃあ、当局から協力金とか、報奨金とか、出ませんかね、そういうの」
「出ません」
山田はあからさまに落胆を示し、
「あなた、ご自分の立場を忘れたのですか」
「そういうわけじゃないんですけど、ちょっと訊いときたかったんで……」

「逆にお尋ねしますが、仮にそういう手当が出るとしたら、あなたの意欲に影響しますか」

「ええ、そりゃもちろん」

「では、上の方と交渉してみることにします。ただし、すぐに結論が出るかどうかまでは保証できませんよ」

「そうでしょうね」

首をすくめるようにして同意する。

「あなたはその間、これまで通り情報収集に努めて下さい。いいですね」

「もちろんです」

山田が金を払う気などないのは素人目にも分かる。

だがそんなことはどうでもいい。問題は、張の原稿について自分が山田に打ち明けられなかったということだ。

山田の飴玉みたいな目が嫌だったせいだ――

そんな言いわけを己自身にしてみせる。

言いわけ？　なんの必要があって？

自分でも正体不明の感情を押し隠し、山田に向かって断言する。

「これまで以上に頑張ります」

これまで以上に頑張ります？

限界だ。もう耐えられない。結果がどうなったとしても構わない。いいかげん決着をつけてしまわないことには頭がどうにかなりそうだった。

「おかえりなさい」

帰宅した途端、慧琳の声が聞こえてきた。決意が鈍りそうになる。

だが、今日という今日は――

「どうしたの」

不安そうに慧琳が訊いてくる。よほど顔に出ていたのだろう。

何も言わずキッチンの椅子に座る。何かあると察したのか、慧琳も無言で対面に着いた。

「知ってるよ」

何を、とは問い返してこない。

「君、結婚してるんだろう」

慧琳は無言のままである。だがその面上に、隠しようもない驚愕の色が広がった。

本当だった――本当だったんだ――

「夏興国《かこうこく》さんだって？　写真も見たよ。日本人なんかちょろいもんだよな。日本で稼いだ金をその男に送ってたのか」

我ながら嫌な言い方になった。

やはり慧琳は黙っている。

「なんとか言ったらどうなんだ」

自分の方が耐えかねた。

慧琳の双眸《そうぼう》から涙があふれ、氷よりも蒼白《そうはく》になった頬を伝い落ちた。

女に泣かれるとどうしても男は弱い。

こっちが怯んでどうするんだ――

並木が声を荒らげようとしたとき、慧琳がぽつりと言った。

「誰に訊いたの」

「え、なに」

慧琳が同じ問いを繰り返す。

「誰に訊いたの」

「誰だっていいだろう」

「よくないっ」

突然立ち上がった慧琳が声を張り上げる。

「そんなこと、わたしの友達だって知らない。梅芳《ばいほう》にも話してない。それを並木さんが知ってるってことは、しかも写真まで見たってことは、公安から聞いたってこと。秘密にするって約束したのに、並木さんは日本の公安にわたしのこと、話したんだ。なのにそのことを黙ってて
……並木さん、私を騙してたんだ」

混乱のあまり、咄嗟《とっさ》に言い返せなかった。

「ずっと私を騙してたんだっ」

泣きながら罵られた。

冗談じゃない、騙してたのは——

「騙してたのはそっちじゃないか。結婚してるのを隠して、ぼくをいいように引きずり回して。自分でも呆れるほどの大間抜けだよ。腹の底で嗤ってたんだろう。何が『並木さんが大好きです』だ」

「それは本当です」

「えっ」

またも意表を衝かれたが、今度は怒りが募ってきた。

「ふざけるな。結婚してるくせに何を——」

「結婚してたのは本当です。でも、すぐに離婚しました」

離婚した？

「あの男は酷い奴だった。家では暴力、外では何人も女を作って。仕事もしないで賭け事ばっかり。わたしの貯金も全部取られた。酔うと見境なしだから、何度も殺されるかと思った。わたし、本当に世間知らずの馬鹿だった。見かけの華やかさに騙されて。離婚できたのが奇跡だった。それでもあの男が怖くて怖くて、逃げるように故郷を出たの。日本に来て、やっと助かったと思った」

「じゃあなんで隠してたんだ」

「言えなかったの。いつかは言わなくちゃって、ずっと思ってたけど、過去に離婚してるなんて言ったら、嫌われるかもしれないし。それにあんな男のことなんて思い出したくもなかった。心底忘れてしまいたかった。口にするのも嫌だった」

　慧琳は卓上のボックスからティッシュペーパーを引き抜いて涙を拭いながら、

「結婚してたこと、黙っててごめんなさい。でも信じて下さい。騙そうと思ったわけじゃないんです。言えなかっただけなんです。ちゃんと離婚してるのも本当です。そうじゃなかったら、いくら、いくらわたしでも、並木さんに好きだなんて言えません。そもそも、結婚してたらハニートラップなんて引き受けません」

　結婚してたらハニートラップは引き受けない――諜報の世界でそんなロジックや倫理観が通用するものだろうか。これもまた素人に判断できるものではない。

「騙してたのは事実だと認めるんだな」

　そう言うのが精一杯だった。

「はい」

　微《かす》かに頷き、次いで慧琳は泣き濡れた顔を上げた。

「でも、わたしは鄭や宋佳《そうか》さんのこと、全部隠さずに話しました。並木さんは隠してた。わたしに内緒で、警察と会ってたんです」

　一言もないとはこのことだ。しかしどうにも釈然としない。

　発端は慧琳がハニートラップとして自分に接近したことだ。騙したのは慧琳が先だ。離婚したというのが本当だとしても結婚していたことを隠していた。にもかかわらず、どうして自分が責められなければならないのだ。今夜は自分が慧琳を追及するはずだったのに。

喉が渇いた――

並木は流し台に向かい、コップに水道の水を汲《く》んで飲んだ。渇きは一杯では収まらない。二杯、三杯と続けて飲んだ。飲んでいるうちに涙がこぼれた。自分が泣く必要はどこにもない。それでも泣けてしようがない。

自分が惨めで、哀れで、情けない。

慧琳がすでに離婚しているというのは本当か。一番疑われるのはまずそこだ。なのにどういうわけか気にならない。慧琳を信じたわけではない。疑う気力さえ失せ果てたというのが近いだろう。

もし慧琳の言う通りだとしたら、山田は婚姻届だけを自分に見せ、離婚届はあえて伏せたということになる。あるいは、意図的なものではまったくなく、本当に離婚の事実を知らなかっただけかもしれない。いや、日本の公安にどの程度の能力があるのか知らないが、婚姻届を入手しながら離婚を把握していなかったとは考えにくい。山田は意図的に婚姻の情報だけを自分に与えたのだ。

真実はどこにあるのか。男と女の間でさえ分からない。ましてや国家間の本音など、考えるだけでも無駄だと分かる。

慧琳の部屋から泣き声が聞こえる。ベッドで泣いているのだ。

疲れた――

どうでもいい。とにかくこの状態を終わらせたい。

スマホだけを持って家を出る。マンションの前で山田の番号を呼び出し、発信ボタンを押した。

相手はすぐに出た。

「ああ、並木です。ご報告したいことがありまして。例の原稿、そう、あなたが無意味だと言った張の原稿です、あれ、実は意味がありました。なに、大した意味じゃありません。面白くもない原稿の中に一枚だけ面白いメモがありましてね。中国共産党中央政治局の人事素案でした。はい、ほぼ現行の面子ですから、ほとんど最終バージョンと言っていいんじゃないですかね。ただし、どういうわけか一ヶ所だけ違ってて。ええ、一人だけ外されてる人がいるんです。それだけです」

電話の向こうで山田が何事か大声で喚《わめ》いていたが、構わず通話を切った。

これでどうなるかは知らない。なるようになればいい。心からそう思った。

9

翌朝、慧琳とは言葉を交わすことなくマンションを出て職場へと向かった。

東西線の中でスマホを確認すると、山田からの不在着信とメッセージが入っていた。全部確認せずに消去してから電源を切る。

なるようになれ。どうにでもなってくれ。

職場の自席から室内を見渡すと、普段通り仕事にいそしむ総務課の面々が見えた。栗原課長。部下の根本、中島、長谷川、岡野。佐古田さえもっともらしい顔をしてパソコンに向かっている。各人各様に生活があり家族がある。趣味も偏見もあるだろう。人の考え方はさまざまだ。みんな勝手に生きればいい。

椅子に座って仕事を始める。公務員としての仕事だ。公務というからには国と国民の役に立っているはずだ。今まで考えたこともなかったが。

キーボードを叩き、時折は紙の書類に目を通す。棚から参考文献を引き出したりもする。そうやって日銭を稼ぐように国から給料をもらう。その金で生きる糧を得る。そしてまた明日も生きていく。

馬鹿馬鹿しい。


定刻となり、並木は庁舎を出て帰途に就いた。スマホの電源は切ったままだ。仕事関係で急を要する連絡なら、スマホが通じなかった場合デスクの固定電話にかかってくるから問題はない。

どこかで山田が接触してくるだろうと予期しつつ日比谷公園に向かって歩く。前のように地下鉄の中で話したくはなかった。自分がいつ爆発するか分からなかったからだ。山田が現われなければそれでもいい。日比谷駅まで一駅分歩くだけである。運動にもなってちょうどいい。

憤然とそんなことを考えながら足を運んでいたら、いつの間にか自分の周囲を取り囲むように数人の男が歩いていることに気がついた。いずれも会社帰りらしいスーツ姿で、手にしたスマホに視線を落とす姿勢で歩いている。

邪魔だなあ——もっと広がって歩いてくれよ——

ぼんやりとそう思った次の瞬間、横の車道に急停止したグレーのミニバンに押し込まれていた。

声を上げる暇さえなかった。あっと思ったときにはすでにドアが閉じられ、車は走り出している。周りにいた男達は、自分を車に押し込む役目と、さりげなく周囲の目を遮る役目とを果たしていたのだ。一緒に車に乗り込んだ一人以外は、スマホを見つめたままごく自然な足取りで散っていく。実に鮮やかな手口であった。

そのことに感心するあまり、恐怖が押し寄せてきたのは猛烈な勢いで背後に過ぎ去る見慣れた風景を車窓の内側から認識してからだった。

「怖がらなくていいですよ、並木さん」

そう言ったのは、並木の押し込まれた後部座席に座っていた男だった。中肉中背で、今どき珍しいレンズの黄ばんだ分厚い眼鏡を掛けている。一見すると地方の教師のような外見だった。老けているような、それでいて意外と若いような感じもする。年齢は不詳であるとしか言いようがなかった。

「私の名前は鄭と言います」

この男が――

そう思った途端、鄭がすかさず言った。

「あなた、私のこと、知っていましたね」

鄭はこちらの反応をじっと観察していたのだ。しかし気づいたときは手遅れだった。

「なるほど、やはりそういうことでしたか」

腕組みをしてしきりと頷いている鄭に、

「助けて下さい、ぼく、関係ないです」

またも迂闊な言い方をしてしまった。

〈何をするのですか〉とか〈降ろして下さい〉ではなく、〈関係ないです〉と口走ったのだ。これでは事情を知っている、つまり〈関係がある〉と白状したも同然ではないか。

「気にすることはありません。あなたは一般人なんですから、動揺して当然ですよ」

慰めるように鄭が言った。こちらの思考がすべて読まれているような気がして並木はよけいに怖くなった。

「私どもとしてもこういう接触方法は極力避けたかったのですが、今日あなたが日本の公安警察官と接触する前にどうしてもお話ししておきたかったものでして。残念ながら他に方法はありませんでした」

日本語が極めてうまい。知らなければ中国人だと分からないだろう。

「どこへ連れて行く気ですか」

この上なく情けない声が出た。

「目的地は特にありません。私はあなたと話したいだけですから。運転手にはしばらく適当に流すよう言いつけてあります」

運転席でハンドルを握る男は、自分を車に押し込んだ男と同様に、終始無言で無表情を貫いている。

「並木さん、あなたは黄慧琳の目的を知っていますね」

「え、いや、なんのことか……」

さらに間抜けなリアクションをしてしまった。たった今、自分が事情を知っていると見抜かれたばかりではないか。

「あなたは言葉より態度で雄弁に語られるようですね、いや、お気に障ったらお許し下さい」

苦笑した鄭が皮肉を言う。こちらは拉致されている最中であるから、そんなことは気にもならない。

「となるとよけいな前置きは不要でしょう。私は張建勲《けんくん》氏の原稿を捜索するため、慧琳をあなたに接近させました。そこまでは順調でした。しかし、どういうわけか事態は一向に動きません。そこで私は同棲にまで持ち込むよう指示し、慧琳もそれに従った。それでもやはり原稿を発見したという報告はない。不審に思った私は、別の者にそれとなく慧琳の様子を観察するよう命じました。すると彼女は大学の教室で休み時間に何かを翻訳していたというじゃありませんか。その者は隙を見て彼女が翻訳していた書類を写真に撮影しました。これです」

中国人の機関員は引き伸ばされた写真を差し出した。

張の原稿だった。撮影されたのは、慧琳が原稿の中にあった人物表の意味に気づく前だろう。幸か不幸か、写っているのは問題の人物表ではなく、張の創作した小説のページだった。撮影したという鄭の部下は、大学に出入りして慧琳にも容易に近づける者だ。学生か職員、もしかしたら教授や講師かもしれない。人口減少に伴う経営の悪化に苦しむ私立学校の中には、中国からの留学生を当てにしているところも少なくないとネットに書いてあった。そこを中国諜報機関につけ込まれた大学も多いことだろう。ともあれ、実行者が誰であろうとそれは重要ではない。

鄭はこちらから一瞬たりとも視線を外すことなく話を続けた。

「時同じくして日本の公安があなたに接触しているという報告が上がってきました。つまり、あなたは自らの置かれた立場を把握している。となると、黄慧琳は祖国を裏切ったということになるのですが、どうもおかしい。だったら原稿はとっくに公安警察の手に渡っているはずじゃありませんか。ねえ、そうでしょう？」

口調は違うが、ねちねちした話し方がどういうわけか山田と似ている。

「公安はあなたに接触しているがそれ以上の変化は見られない。それどころか痺《しび》れを切らしているようだ。私達と同じにね。一方で、慧琳とあなたの関係も変わらない。あなたは毎日仕事に出かけ、慧琳は大学とアルバイト先に行く。平穏な日常というやつだ。これは一体どういうことでしょうか？」

「さあ、ぼくに訊かれましても……」

定型のとぼけ方をしてしまったが、鄭は耳に入らなかったかのように、

「そこで私は考えました。この状況を合理的に説明できる仮定は一つしかない。つまり、あなたは慧琳の正体を見破った」

「違います」

語気荒く否定してから、自分のミスに気がついた。

鄭はにんまりとした笑みを浮かべ、一転して途轍もなく苦い顔を見せた。

「やはりそうでしたか。慧琳が自分で打ち明けたのですね。馬鹿な女だ。あなたと慧琳は、何を企んだか知らないが共謀して行動していた。ばれないとでも思ったのですか」

「おかげでこっちも分かりましたよ」

意図せずして発していた。

黙れ――よけいなことは言わず黙ってろ――

「慧琳は嘘をついていなかった」

「何を言ってるんですか。あの女はあなたを騙すために私達が用意した女ですよ。あなたはそのことを本人から聞いたんでしょう？」

「それは……そうなんですけど……」

「あなたが何を言おうとしているのかよく分かりません」

「でしょうね」

「まあ、いずれにせよこっちは構いませんが」

鄭がうわべの丁重さを捨て、強圧的な本性を現わし始めた。

「原稿は渡してくれますね。あれは張氏の数少ない遺作だ。あなたには価値のないものです」

すぐには返答できなかった。こちらの態度に、鄭が即座に反応する。

「あなた、あの原稿の意味に気づいたのですね」

「はあ、まあ、意味というか、なんとなく、その……」

揺れる車内で鄭は大仰に嘆息し、

「慧琳が翻訳したせいですね」

「そうなります、かね？」

隣に座っていた鄭が身を寄せてくる。

「もしや、そのことを公安に」

「それはないです」

語気を強めて否定する。しかしまたも逆効果だったようだ。

「まずいな」

そう呟いて、しばらく何事か考え込んでいる。鄭はこちらのリアクションからことごとく的確に事実を見抜いている。驚くべき観察力と洞察力だった。

並木はどう対応していいか分からず黙っているしかない。

やがて鄭が顔を上げた。

「私どもが把握している限りでは、公安はまだ原稿を入手していない」

「だって渡してませんから」

「では私どもに渡して下さい。それで問題はなくなる」

「問題はなくなるって、具体的にどういう問題が……」

「私どもはあなたを忘れるということです」

「本当ですか」

「疑っておられるのですね」

「だって、諜報機関に一度目をつけられたらおしまいだって」

「ソースはネットですか」

「はい」

こちらの返答に呆れているのか、子供に言い聞かせるような口調で言う。

「合理的に考えて下さい。あの原稿に関する情報を公安も把握した。つまりあなたは日本警察にマークされるわけです。これからもずっと。そんな人物といつまでも関わり合っていたってリスクしかない。分かりますね」

「分かります」

「では、渡して下さい。それであなたは自由になれる」

「警察にはなんと」

「そこまでは私どもの関知することではありません。日本人同士で話をつけて下さい」

「それじゃあんまり一方的じゃないですか」

「こちらとしてはもっと手っ取り早い手段に移行してもいいんですよ」

「手っ取り早い手段、と申しますと」

その質問に対し、鄭は答えずにただうっすらと嗤っている。

いきなり恐怖が込み上げてきた。渡さなければ殺すと言っているのだ。実際に、原稿の作者である張建勲は〈事故〉で死んでいる。

「ご理解頂けましたか」

「はい、理解しました」

「では渡して下さい」

「はい、いや、その……」

「まだ何か？」

「慧琳は……」

「なんですって？」

「慧琳はどうなるんですか」

「あなたには関係ないでしょう」

素っ気なく無機的に答えてから、鄭は不意に黄ばんだレンズの奥の目を見開いた。

「まさか、あなたは――」

それから鄭は深々と息を吐いた。感嘆とも疲労とも取れる息だった。

「そうか……そういうことか……」

何やら独り言のように呟いて、

「並木さん、これはいかなる部局とも関係ない、私からのごく個人的な忠告です。悪いことは言いません。女のことは忘れてしまいなさい」

「そんな、勝手じゃないですか。いいや、理屈に合いませんよ。そもそも慧琳をぼくの所へよこしたのはそっちでしょう」

「だからです」

心なしか、分厚い眼鏡越しの視線が柔らかくなっていた。

「同国人を悪く言うつもりはありません。それどころか、彼女は国のために働いてくれたし、真面目で素直な子かもしれない。しかし、彼女と一緒になってもあなたの将来にとっていいことは何もありません。それくらいお分かりでしょう」

「ええ、でも」

「弁解をするつもりはないが、今度の件は誰にとっても不幸だった。あの原稿、厳密にはその中の一部ですが、それが明るみに出ると、不幸になる人の数が少しだけ増える。私の任務は、不幸を最小限に抑えることなのです。あなたを巻き込んだのは申しわけないが、あの原稿を手放して速やかに忘れるのが最善だ。あなたは若い。望んで不幸になる必要はない」

誠意すら感じられるその口振りに、並木はかえってむきになって食い下がった。

「ぼくのことは分かりました。だから慧琳はどうなるのかと訊いてるんです」

「悪いが私には答えられない」

「そんな……」

鄭の眼光が再び強圧的な熱を取り戻す。

「原稿を渡して下さい。あなたに選択肢はありません」

「分かりました」

そうとでも答えねば解放してもらえそうもないと思った。

「だけど今は持っていません」

「では、このままご自宅に」

「原稿は慧琳が持っています」

咄嗟のでまかせであったが、彼女が大学で翻訳していたという事実があるから、鄭は疑わずに信じたようだ。

「彼女は原稿の意味を知って、何か考えているようです。ぼくが取り上げようとしたら、ガスコンロで燃やそうとしました。すでにコピーを取ってあるとも言ってました」

「何を考えているんだ、あの女は」

「分かりません。だけどぼくが必ず説得します。彼女を説得して原稿は必ず渡します。彼女とも別れます。正直言って、もともとそのつもりでした。だって、彼女はハニートラップなんでしょう？」

鄭は何も言わず黙っている。

「時間を下さい。原稿も翻訳もコピーも全部渡します。ぼくが持ってたってしょうがないし、第一、そんな物、持っているのも気味が悪い」

「本当ですね？」

「ええ、その代わり、彼女のことは……」

「できるだけ穏便に済ませるよう、上を説得してみます」

鄭はこちらを見つめながら頷いた。

山田と同じ目であった。慧琳のために便宜を図る気などまるでない。並木はそう直感した。

「水道橋のあたりで車を停めさせます。そこからはご自分でお帰り下さい。それでいいですね」

「はい」

何を言っても無駄である。それ以前に、言うべきことを思いつかない。

白山通りの路上で並木を降ろし、グレーのミニバンは瞬く間に車列の波に溶け去った。なるようになれとは確かに思ったが、どうなったのかも分からなくなるとまでは予想していなかった。

並木は重い足を動かして水道橋の駅に向かって歩き出した。

都営三田線に乗り、大手町で東西線に乗り換えた。

門前仲町駅の昇降口を出たところで山田が待っていた。その視線の先に、黒いセダンが駐《と》まっている。ドアが中から開けられた。乗れということなのだろう。逆らう気力など残っていない。また押し込まれる前に、並木は自ら後部座席に乗り込んだ。続いて山田が乗り込みドアを閉める。同時に車が発進した。こちらの運転手も無言、無表情であるところまで一致している。

「今度はマンションの前で降ろして下さいね」

くたびれ果てた思いで言う並木を無視し、山田が発した。

「おまえに配慮したのが間違いだった。直接接触しようとした矢先に、中国に持ってかれた」

〈あなた〉が〈おまえ〉になっている。

「ぼくは拉致されたんですよ。幸い無事に解放されましたが、身辺警護を怠ったあなた達の責任なんじゃないですか」

投げやりな気分でそう言うと、山田は言いわけがましく、また恫喝するように反論した。

「農水省に直接乗り込んだ方がよかったのか」

「さすがにそれは困りますけど」

「これというのも、おまえが隠し事をしていたせいだ」

「ぼくも知らなかったんだからしょうがないでしょう。ちゃんと教えてあげたのに、文句を言われる筋合いなんてない」

「接触してきたのは鄭だな」

「そうです」

「何を言われた」

「原稿を渡せと」

「渡したのか」

「いいえ」

「ではこっちで預かろう」

山田の態度があからさまに横柄になっている。その分かりやすさも滑稽だ。

「その前に説明して下さい」

「何を」

「あの原稿には意味がない、あなたは確かそんなことを言ってましたよね？　意味がないものをどうして欲しがるんですか」

「貴様、舐《な》めてんのか」

今度は〈おまえ〉が〈貴様〉になった。

「説明をお願いしているだけです」

「分かってて言ってるんだろ？　それとも、警察の連絡ミスをあげつらいたいのか」

「連絡ミスですか。ものは言いようですね。ぼくも公務員ですから、官僚用語の基本くらいは知ってますよ。公安はなんにも把握してなかった。ごまかそうったってダメですよ」

脇腹に激痛が走った。山田が殴りつけたのだ。

直接的な暴力を行使してくるなんて――

「こっちは遊びじゃないんだよ。さっさと渡せ」

「中国だって遊びじゃない。それに、あっちは意外と紳士的でした。ネットやマスコミなんて当てになりませんね」

今度は平手で顔を叩かれた。運転手は何も言わない。

「渡せ」

足が震える。身体《からだ》の痛みよりも、自分の置かれた状況の方が恐ろしかった。

警察による暴力は、むしろ自分でも思わぬ感情を引き出した。意地という非論理的な感情だ。

「国民に対して暴力ですか」

「貴様は公務員だろう」

「だから国民です」

「国を裏切ろうとする奴が国民を自称するのか」

「国民を守る警察が国民を痛めつけるんですか」

「公務員のくせにそんなことも知らんのか。警察は国民を守る組織じゃない。どこの国だっておんなじだ」

「ところで今のお話、さっきから録音してるんですけど」

そう言った途端、雷のような速度で全身を調べられ、スマホを奪われた。

「……電源は入ってない。ハッタリだな」

山田はスマホをこちらの足許に投げてよこした。

「降りるまでそれに触るな。足の爪先でもだ」

「人権て言葉、知ってます？」

「時と場合によっては忘れることもある。政治家と同じだ」

そして山田は呆れたように、

「おまえなあ、自分の立場を考えろよ。将来もだ。ハニートラップに引っ掛かった間抜けの看板を背負って農水省から追い出されたいのか」

「それでもいいなって気がしてきました」

「なんだと？」

「あんたは原稿さえ手に入れられればそれで自分の失点を挽回《ばんかい》できるとでも――」

最後まで言いきることができなかった。山田が何度も平手打ちをしてきたからだ。

痛烈で不快な感触とともに鼻血がこぼれた。

山田はティッシュを取り出してこちらの顔を拭きながら言った。

「車が揺れて顔をぶつけたんだなあ。それを拭いてやってる俺は親切な人だなあ。ところで原稿、早く出せ。出さないと車がもっと揺れるぞ」

「中国からもおんなじこと言われてます」

「それで？」

「ぼくを守ってくれるんですか」

「おまえが原稿を渡せば済むことだ。何か勘違いをしているようだが、奴らが日本の農業技術を狙っていることは疑いの余地がない。しかし、おまえはたまたま中国が至急の回収を必要とする原稿を握ってた。その原稿がなくなれば、中国がおまえに手出しする意味はなくなる」

確か鄭も同じ意味のことを言っていた。

「これで最後だ。原稿を渡せ」

「今は持ってません」

「マンションまで送ってくれとか言ってたな。ちょうどいい。一緒に行ってやるから取ってこい」

「違うんです。慧琳が隠してしまったんです。だから中国にも渡せなかった」

先ほどと同じ口実を使う。

「下手な時間稼ぎはやめろ」

「単なる時間稼ぎで中国が納得すると思いますか」

これは効いたようだった。

「あの女は何を考えているんだ」

またも鄭と同じようなことを言う。

「中国を裏切ったみたいなんです。説得によっては、味方にできるかもしれません」

「信じられん」

「鄭もそう言ってました。とにかくそれで猶予をもらって解放されたんです。そうじゃなかったら、ぼくは今頃……」

「裏切らないという証拠は」

「ぼくは日本人です。中国人なんかとは一緒になれません。あんな原稿、一刻も早く手放してもう楽になりたい」

山田は運転手に並木の住所を告げた。

やがてセダンが並木のマンションの前で停まる。並木は足許に転がっていたスマホを拾い上げ、降車した。セダンはすぐに走り去った。こちらを完全に信じたわけではあるまい。あの原稿は機密とは言え、日本の政局に重大な影響を及ぼすほどのものではないからだろう。もしくは、すでにこちらの周辺に監視網を敷いているのか。いずれにせよどうでもいい。

鼻血はまだ止まっていなかった。近所の住民に見られたら厄介だ。急いでマンションの中に入る。

ちょうど停まっていたエレベーターに乗り込み、三階のボタンを押した。

ハンカチで鼻血を拭いながら、エレベーターの壁にもたれかかって考える。

鄭と山田に同じことを言った。慧琳を説得して原稿を渡すと。そう言わなければとても解放されなかった。

慧琳は別に原稿を隠しているわけではない。しかし中国に渡すと言えば、自分が処分されると怖れるだろう。また公安に渡すと言っても、強制送還になると怯えるに違いない。

どちらにしても、慧琳が簡単に同意してくれるとは思えなかった。

待て——同意など必要ないではないか。

あの原稿はもともと自分が預かった物だ。慧琳はそれを密かに奪い取ろうと送り込まれてきた女にすぎない。

三階に着いた。エレベーターの扉が開く。

だが、どちらに渡せばいいのだろう、警察か、中国か。慧琳はどうなる。どちらに渡しても彼女にとってはバッドエンドだ。

あれこれと考え事をしているうちに、エレベーターの扉が再び閉まり始めた。慌てて「開」のボタンを押し、エレベーターを降りて自室へと向かう。

どっちでもいいじゃないか――なんなら慧琳自身に決めさせてもいい――慧琳は中国人なんだ――ハニートラップの女なんだ――どうせ一緒になんてなれないんだ――

自室のドアの前に立ち、取り出したキーを差し入れる。

鍵は掛かっていなかった。

不審に思いながら中に入る。慧琳の靴があった。帰宅しているのだ。しかしダイニングに人影はない。

変だな――

「ただいま」

靴を脱ぎながら声をかける。返事はない。

「慧琳、いないのか、慧琳」

各部屋を覗いて回る。ベランダや浴室も確認した。誰もいない。

もしや——

公安か中国、どちらかの組織が押し入ったのかと思ったが、そんな様子はなかった。流し台に積み上げられた食器、散らかったチラシ類、棚に並べられた小物の位置や角度。内部は間違いなく朝出かけたときのままである。

どういうことだ——

一人、ダイニングに立ち尽くす。

微かに泣き声のようなものが聞こえてきた。トイレだ。

そこだけは見ていなかった。急いで駆け寄りドアを開ける。

便器に座っていた慧琳が顔を上げる。泣いていた。

「どうした、何があった」

答えはない。

「どうしたんだよ、慧琳。教えてくれ、何があったんだ」

慧琳が無言で手にしていたものを差し出した。

前にも見たことがある。結婚していた頃だ。別れた妻が使っていた。妊娠検査薬だ。

「わたし、妊娠しました……」

衝撃のあまり声も出なかった。

「ちょっと前から体調が悪くて……それで、まさかと思って、薬局に行って、これ、買ってきたんです。そしたら、やっぱり……」

依然として声が出ない。何を言っていいか分からない。

もしかしたら、これもまた慧琳の演技かもしれない——そんな考えが頭をかすめた。

女が男を言いくるめるときによく使う手だ。スパイでなくても使う手だ。ごくありふれた、陳腐に過ぎる愁嘆場《しゅうたんば》の常套《じょうとう》手段だ。

しかし目の前で泣いている慧琳の姿は、そうした疑念を否定してあまりある切実さをともなっていた。

「どうしよう、こんなときに……」

こんなときに。まさにその通りだ。

「産めませんよね、こんなときに……でも、わたし……わたし……」

並木は膝から崩れ落ちた。その場に頭を抱えてうずくまる。

どうしよう——どうすれば——

「どうしよう、並木さん……みんな、わたしが悪いんです……わたしが、もっと、ちゃんとしてれば……」

ちゃんとしてればなんだと言うのだ。そもそも何をちゃんとしてればよかったと言っているのだ。

嗚咽《おえつ》混じりで喋る慧琳の言葉は、それでなくても混乱している並木の耳ではよく聞き取れない。

陳腐で、ありがち。いつの時代、どこの国でも、男と女が繰り返す。

しかしどれほど凡庸な筋書きであろうとも、当人にとっては、人生を左右する重大局面であることに違いはない。

「ごめんなさい、並木さん……でも、わたし……どうしたら……」

「産むんだ」

うずくまったままそう言った。

慧琳が驚いたような顔をする。彼女よりも並木自身が驚いていた。

「結婚しよう、慧琳」

なぜそんなことを言ってしまったのかよく分からない。

それでいて、口にしたことによりかえって肚は固まった。自分も知らなかった自分の本心というものに、ふとした弾みで気づいたような感覚だろうか。

その証拠に、後から後から言葉がソーセージさながらにつながってあふれ出た。飲み過ぎて胃の中身をぶちまけているかのような気分でもあった。

「ぼくは今日まで真剣じゃなかった。いや、いろんなことについて真剣に悩んでいたのは本当だ。でもやっぱり真剣じゃなかった。結婚なんて全然考えてなかった。むしろ、結婚する気なんて初めからなかった。今度の件でぼくはつくづく思ったんだ、中国人なんかとはさっさと別れようって。もっと早く言おうとずっと考えてた。でも言えなかった。その理由が分からなかったんだ。本当だよ。本当に分からなかったんだ」

便器に座ったまま、慧琳は身じろぎもせずに聞いている。ただ涙だけがとどまることなくゆつくりと脈動しながら流れていた。

「そうだよ。ぼくには中国人への偏見がある。ついこの間まで、そんなもの自分にはないと思ってたけど、そうじゃなかった。逆だった。中国人は嘘つきで、公共心がなくて、民度が低くて、下品で、自分勝手で、それから嘘つきで、あ、それは最初に言ったか、ともかくそんなことを思ってたんだ。たぶん今でも思ってる。偏見だと分かっていても、そう簡単には捨てられない。この頭と体にしがみついて、どうしても出ていってくれない。役所の連中だって大概そうさ。中には違ってそうなのもいるけれど、ほとんどの連中は自分には偏見がない、差別なんかしないって本気で思いながら差別する。その意味で、ぼくは平凡で平均的な、まさしく日本人なんだ。だから中国人とは一緒に暮らせない。暮らせるわけないんだ。個々人はいい人でも、中国って国が嫌だ。現に君は国家安全部に目を付けられてハニートラップを命じられた。信じられない。国が国民にそんなこと命じるなんて。それが同胞の義務だなんて。そんな国の人と結婚なんてあり得ない。だから結論は分かってた。だから、だから、だから……」

舌がもつれる。心がバグを起こしたようだ。懸命に脳内で言葉をサーチする。

「だから、じゃない。なのに、そう、なのにぼくは言えなかった。はっきりしないとか、優柔不断だとか、いいかげんだとか、曖昧にごまかしがちだとか、今までも散々言われてきたよ、それがぼくの性格だって。だから言えないんだって思ってた。それが違ってた。未練じゃない。そんなもんじゃない。ぼくは君と一緒にいたい。人生の最期まで、ずっと君と一緒にいたい。ぼくは勘違いをしていた。確かに結論は一つしかない。でもそれは君と別れるってことじゃなかった。君と別れるなんてできないってことだったんだ」

一息にまくし立てる。要点だけを言えば一言で済んだかもしれない——「愛している」という一言で。

しかしすべてを言わずにいられなかった。それだけ胸に溜《た》まっていた。それがつかえて苦しかった。また同時に、愛していると今も言えない。そういうところも情けないほど日本人だ。

慧琳が静かに便器から立ち上がる。妊娠検査薬を持ったまま、カーディガンの袖で涙を拭い、おもむろにパンツを上げる。それだけ動揺していたのか、検査薬の結果が出るまでパンツを穿き直すのも忘れていたらしい。

「並木さんが中国人に偏見を持っているのは知ってました」

「えっ」

「ここは冷えます。あっちで話しましょう。暖房をつけてくれませんか」

「あ、うん、そうだな」

トイレの前にしゃがみ込んでいた並木も我に返って立ち上がる。腰がすっかり冷えていた。下半身がほとんど裸のままだった慧琳はもっと凍えたことだろう。

それぞれ手や顔を洗い、キッチンテーブルで向かい合って座る。慧琳が自分と並木の湯飲みに沸かしたての湯でプーアール茶を注いだ。

「それで、知ってたってのは」

おそるおそる切り出すと、慧琳はぼんやりと顔を上げ、

「え、なに」

「だからぼくの、その、偏見」

すると彼女は「ああ」と頷いて、

「そんなに特別なことじゃありません。日本人て、大体みんなそうですから」

「ぼくも例外じゃないってこと？」

「はい」

「あの、どういうきっかけで分かったの」

「特にないです」

「じゃあ、どうして」

「付き合ってたら分かりますよ、それくらい」

「そんなもんなの？」

「そういうところが日本人だって、今自分で言ったばっかりじゃないですか」

返す言葉さえなかった。

「付き合ってなくても分かります。バイト先でも、いいえ、どこへ行っても思い知らされます。ああ、日本人は中国人を嫌ってるんだなって」

差別とは、された側が感じるだけであって、行なった側にはその意識がない。それが厄介でタチの悪い差別というものの醜さだ。並木は先日の送別会での長谷川と中島のやり取りを思い出していた。

「じゃあ、ぼくもきっと、気づかないうちに君を傷つけてたんだね」

慧琳は黙って俯いた。

決して「いいえ」とか「そんなことない」といった返答を期待していたわけではないが、そのリアクションに、並木は今さらながらに深く滅入《めい》った。

湯飲みから立ち上る白く香ばしい湯気が、二人の間で微妙に揺らめく。

気まずい沈黙を打ち破ろうとしたわけでもないだろうが、慧琳がいきなり口を開いた。

「わたしだっておんなじです」

「え、何が？」

「中国人にも、日本人への偏見があるってこと。日本人は心が狭い。て言うか、変。自分達もアジア人なのに、同じアジアの人を馬鹿にして、見下してる。アメリカ人の次に自分達が偉いと思ってる。もう意味が分からない」

そんなことは、と言いかけて口をつぐむ。否定できない。まったく慧琳の言う通りだ。〈欧米人〉ではなく〈アメリカ人〉というところまで。

どうしてだろう。どうして日本人はそんなふうに思ってしまうのだろう。こうして改めて問われると、意味も根拠も不明であるとしか言いようがない。

「並木さん」

慧琳が再び顔を上げる。

「並木さんは中国人が嫌い」

「いや、嫌いってわけじゃ――」

「黙って聞いて。並木さんは中国人が嫌い。わたしは日本人が嫌い。でも、結婚しようって言ってくれた。それはどうして」

「どうしてって……」

「子供ができたから、仕方なく？」

「違うっ」

思わず力を込めて否定していた。

「違う。いや、違ってない。妊娠と聞いてちょっと驚いたのは確かだけど、いや、本当は凄く驚いたけど、それだけじゃない。さっきも言ったじゃないか。ぼくは君と一緒にいたいんだ」

「中国人が嫌いなのに？」

「どうでもいいよ、そんなことはもう。ぼくは日本人で、中国人に偏見があって、君が好きだ。それでいいじゃないか」

並木はそこで「あっ」と声を上げた。

馬鹿だ、自分は大馬鹿だ――

「君は嫌なんだね、ぼくと結婚するのが」

どうしてその可能性に気がつかなかったのだろう。

日本人と結婚できるとなったら中国人は絶対に喜ぶ――それこそが唾棄すべき偏見、いや侮辱以外の何物でもないではないか。

自分という人間が、腹立たしくてたまらない。

「ごめん。ぼくはいいかげんな人間だ。公安に君のことを喋ったし。裏切るつもりだったんだろうな。いや、現にもう裏切ってる。手遅れだ。そんな奴と結婚しようなんて気にはなれないよね、普通」

「そんなことありませんっ」

今度は慧琳が力一杯否定した。

「え、それって——」

「怖かった……産むなとか言われたらどうしようかと……だって、それでなくてもこんなことになってしまってるのに、結婚どころじゃないのは分かってるし……もう何もかもおしまいかもって……そう考えたら、とても、とても怖くなって……」

洋画の中の〈アメリカ人〉なら、それこそ黙って彼女を抱き締めるシーンだろう。実際にそうしようかと思ったが、間にキッチンテーブルを挟んでいることもあって躊躇した。やはりどこまで行っても自分は日本人でしかない。

わざわざ椅子から立ち上がり、彼女の方に回り込んでいるとタイミングとしてはずいぶん間抜けなことになる。そうならないように、映画では位置関係やレイアウトといった画面上の工夫をしているのだろう。

こんなときに限って、どうでもいいことばかりが頭に浮かぶ。

「産むななんて、ぼくが言うわけないだろう」

そう言うのが精一杯だった。しかし慧琳を納得させるに足る証拠も実績も皆無である。

「わたしだって、結婚なんて考えてなかった……当たり前ですね」

当たり前だった。そもそも慧琳はハニートラップなのだから。並木をたらし込むために送り込まれてきた女なのだから。

奇妙なことに、話し合ううちに彼女自身がそのことを忘れていた——いや、ここまで話してようやく思い出したというべきか。

妊娠、出産、そして結婚。そんな話をしていると、ごくごく普通の男女の会話に帰結していくのが滑稽でもあり、また自然であるかのように受け入れられもした。

「ハニートラップなんですよ、わたし」

慧琳が重ねて強調する。

「分かってるよ」

「分かってないです。妊娠が嘘だったらどうするんですか」

「だって、妊娠検査薬が」

「あんなの、いくらでも細工できそうじゃないですか」

「ぼくは使ったことないけど、そうかもしれない」

「第一、ハニートラップの女が妊娠するなんてミス、するわけないって思いませんか、普通」

愕然として慧琳を見る。

今まで見たこともないような昏い目で、彼女はじっと並木を見据えていた。

「そこまでは……考えてなかった」

帰宅したとき、慧琳は返事もせずにトイレに隠れていた。妊娠検査薬を手に持って。自分はその結果を見せられただけである。

妊娠が嘘かもしれないとは考えた。しかし慧琳がただのスパイなどではなく、ハニートラップであることを自分までもが忘れていた。常に意識しているつもりでいながら、いつの間にか頭の中からすっぽりと抜け落ちていたのだ。

「じゃあ、あれは嘘なのか」

彼女は大きくかぶりを振る。

「本当です」

並木は胸を撫《な》で下ろす。安心すべきか落胆すべきか、それすらももう判然としない。だが正直な気持ちとしてほっとしたのは確かである。

「わたしが言いたいのは、中国人で、結婚してたのを隠してて、ハニートラップの女なんか、並木さんが本当に信じられるのかってことです」

「だからどうでもいいんだ、そんなことは」

心底疲れた。しかしこの局面で、自棄《やけ》を起こすわけにはいかない。この局面、この瞬間に自分達の将来が懸かっているのだ。

「ぼくは自分の気持ちだけに従うと決めたんだ。その結果、君に裏切られることになっても構わない。少なくとも、君と、それから、生まれてくる子供と一緒に暮らせる可能性を捨てるよりはずっとましだ」

慧琳は百円ショップで買った中国製のタオルで涙を拭き、洟《はな》をかんだ。もうティッシュでは間に合わないくらいに濡れていた。

「後悔、するんじゃないですか」

「馬鹿にするな」

我知らず声を張り上げた。

「公安や中国に脅されたからじゃない。ぼくが自分で決めたんだ。それとも君は、ぼくにそんな度胸はないとでも思ってたのか。ぼくが嫌ならはっきり言ってくれ」

「嫌なわけ、ないです。嫌なら原稿を持ってとっくに出てってます」

「じゃあ、結婚してくれる？」

嗚咽しながら慧琳が頷く。

よかった――

並木は虚脱した思いで椅子にもたれかかる。どういう心境なのか我ながら不可解であるが、とにかくよかった。

「だけど、その前にいろいろ問題がある。まずそれをなんとかしなくちゃならない。でないと結婚どころか、二人とも殺される」

テーブルに突っ伏していた慧琳が視線を上げる。明瞭な意志を湛《たた》えた目だ。やはりこういうときは女性の方が断然強い。

残っていたプーアール茶を一息に飲んで、並木は話を続けようとした。

しかしどうにも言葉が出なかった。

「……駄目だ、今日はもう気力が尽きた。頭が全然動かない」

「そうですね。わたしもすごく疲れちゃった」

「そりゃいけない。おなかの子供に何かあったら大変だ。今夜はゆっくり休んで、明日とにかく医者へ行こう。ちゃんと診てもらうんだ。話はそれからでいい」

「はい」

二人同時に立ち上がる。

浴室へ行こうとした並木に、慧琳が後ろから呼びかけてきた。

「並木さん」

振り向くと、泣きはらした目をした慧琳が言う。

「わたし、今、本当に幸せです」

今度こそ彼女を抱き締めようと急いで駆け寄る。そしてテーブルの脚でしたたかに足の小指を打ちつけ、並木は片足を抱えて絶叫を必死で押し殺した。

やはりどこまで行っても普通の日本人なのだ——

10

翌朝、体調不良を理由に職場へ欠勤の連絡を入れ、並木は慧琳を伴って近くの産婦人科へ赴いた。大きな病院ではなく、ごく普通の町医者である。

身辺は日中双方から監視されている可能性があるが、それこそもうどうでもいい。

「三ヶ月です。おめでとうございます」

診察を終えた老年の医師は、よく乾燥したスルメのような皮膚の皺《しわ》を一本たりとも動かすことなくそう告げた。

やはり妊娠は本当だったのだ。

傍目《はため》には薄ぼんやりとして見えるであろう顔をして、並木は慧琳とともに医師の説明を聞いた。込み上げる歓喜を密かに噛み締め、心の奥で得心する——これが〈人並みの幸せ〉というものなのかと。

受付で細々とした注意事項の書かれたパンフレットや書類を受け取り、帰宅した。慧琳は三ヶ月以上の在留資格という要件を満たしているので保険に加入しており、診察料は三割負担で済んだ。

さりげなく周囲を見回してからマンションに入る。慎重に確認するが、留守中に侵入された形跡はない。念のため以前秋葉原で買った探知機で何度目かになる捜索を行なったが、隠しカメラや盗聴器の類はなかった。アルミホイルに包んでコーンフレークの箱の中に隠しておいた人物表のコピーもそのままだった。

ようやく安心して窓際のソファに並んで座ると、またも〈結婚〉なるものの実感が湧いてきた。

「どうするの？」

「……えっ」

幸せの予兆に浮かれていた並木に対し、慧琳が不安そうに訊いてきた。

「中国の国家安全部と日本の公安ですよ。わたし達、いよいよ崖っぷちです。どちらに付いても危険は変わりません」

「そうだ、そうだった」

決して忘れていたわけではない。もう少しだけ現実から逃避していたかったのだ。しかし慧琳は、少なくとも自分よりは実務的だった。

「おなかの中の子供のためにも、なんとかいい方法を考えないと」

そう言って彼女は自分の腹部に手を当てる。新しい生命を宿したせいか、これまで以上に切迫感を抱いているのだ。

並木は慧琳の手の上に自分の手を重ねる。

「そうだよ。この子のためにも」

いいことを言っているようで、並木は自身がノーアイデアであるのを改めて自覚する。

この状況を何とかできる手段があるなら、とっくに思いついて実行している。二つの国家機関を相手にして、個人に何ができるというのだろう。

それでも考えなくてはならない。起死回生の一手を。

「ぼく達にとって、唯一のアドバンテージは原稿を持ってるってことだよね」

明確な案など形もないが、それでも手探りで考えながら口にしてみる。

「あれを使うしかないいんじゃないか」

「わたしもそう思います」

そう答えながら、慧琳は足許に置いていたバッグを引き寄せる。原稿のオリジナルは慧琳がいつも持ち歩いていた。

「ぼく達に何かあったら、すぐにマスコミに渡るようにするとか」

「よくありますよね、映画とかで」

わざとらしい明るさで慧琳が合いの手を入れる。そのためかえって駄目な気がした。

「よくあるよね、本当に……」

気分がさらに重くなった。

「よくある手でも、応用次第でなんとかなるんじゃないですか。とにかく、わたし達にはそれしか取引材料がないのは確かなんですから」

「そうだね……」

「そうですよ。頑張りましょう、並木さん」

「うん、頑張ろう……」

言葉の内容とは裏腹に、語尾がいちいち弱々しく消え入るのを、並木は自分でも抑えることができなかった。

それでも。

それでも考えなくてはならないのだ。自分達〈家族三人〉のために。


何日も休み続けるわけにもいかないので、翌日は普段通りに出勤した。

「おはようございます。並木さん、お加減はどうですか」

根本に声をかけられ、びくりとして振り返る。

「えっ、なに」

「体調ですよ。お休みしてたじゃないですか、昨日」

「ああ、風邪《かぜ》だったみたい。でも一晩寝たら治ったよ。心配かけて悪かったね」

「いえいえ、そんな。慧琳ちゃん、看病してくれました？」

「ああ、してくれたよ。ご飯も全部作ってくれたし」

「そうですかー。よかったですねー」

いかにも他人事といった口調で、根本はもう詮索してこなかった。課員のほとんどが、並木と慧琳の話題にはすでに興味を失っているらしい。並木にはかえって好都合だった。

いつもと変わらぬ無味乾燥な仕事に専念する。ここまで追い詰められると、いつも通りの普段の仕事が、〈いつも通り〉であるだけでやりがいのある大切なものに思えてくるから不思議である。

昼休みになり、昼食に出ようと席を立った。

「あれ、並木補佐、どちらへ」

出口のところで鉢合わせした佐古田が尋ねてきた。

「昼飯だよ、昼飯」

「今日は弁当じゃないんですか」

「ああ、そうだ」

「彼女さん、今日は作ってくれなかったんですか」

相変わらず遠慮も気遣いもない言いように、多少むっとしながら応じる。

「作るって言ってたけど、断ったんだ。弁当作りって、結構大変だからね。こう毎日だと彼女も疲れるだろうと思ってさ」

「なんだ、てっきり別れちゃったのかと思いましたよ。そろそろ潮時かなって」

佐古田が無神経且つ無思慮な声を上げる。

中島や根本らの非難の視線が佐古田に集中するが、本人はまるで気づいていない様子であった。

特に中島の視線は常にも増して冷厳なものであった。並木が入省する以前、彼女は女子職員に対するセクハラやモラハラに対して果敢に抗議し、ために今日まで昇進できずにいると聞いたことがある。だとすると佐古田のナチュラルな差別意識は、中島にとって最も唾棄すべきものだろう。

「だったらぼく、これから長谷川さん達とラーメン食べに行くんですけど、補佐も一緒にどうですか」

「いいね。でも今日はちょっとラーメンの気分じゃないから。悪いけどまたにするよ」

「そうですか。じゃあ、またの機会に行きましょう」

「ああ、ありがとう」

社交辞令丸出しの佐古田と別れ、庁舎を出た並木は六本木通りに沿ってぶらぶらと歩き出した。

佐古田に告げたことは事実である。妊娠中の慧琳にできるだけ負担をかけたくなかった。また、喫緊《きっきん》の問題についてじっくり考えるために職場から離れたかったというのもある。

しかし、いくら歩いていても一向に考えはまとまらない。浮かんでくるのは、「ラーメン」「ハンバーガー」「カツ丼」といった昼飯のメニューばかりであった。

結局、溜池交差点の近くにあるカレー屋に入った。思いきり辛いカレーでも食べて頭を刺激してみようと、なんの根拠もなく考えたのだ。

激辛ビーフカレーを注文し、カウンターでぼんやりと待つ。間もなく出されたカレーは激辛を謳《うた》っているだけあってさすがに辛く、とても一口では食べられなかった。そもそも自分は辛いものが苦手であったことを、並木は今頃になって思い出した。

たちまち吹き出た汗をハンカチで拭いながらカレーを少しずつ口に運んでいると、横の席に見知らぬ老婦人が座ってきた。

店内に客は少なく、カウンター席も広く空いている。なのにわざわざ隣に座ってくるのは不審であるとしか言いようはない。

「遅くなってごめんなさいね。だいぶお待ちになった？」

「え？」

驚いて相手をよく見る。六十代以上であるのは確かだが、正確な年齢は見当もつかない。服装もごく普通で、派手でもなく安っぽくもなく、全体から慎ましやかな品の良さといったものが感じられる。何よりその表情には、人を安心させるような温和さがあった。

「ポーク中辛、おまちどおさま」

老婦人の前にポークカレーの皿を置き、店員が去る。スプーンを取り上げながら老婦人が小声で言った。

「安心して。あなたに監視はついてないわ。でもお店の人に聞かれると困るから小さな声で話してちょうだいね」

「あの、どちら様で」

「宋佳と申します。慧琳からお聞きになってると思いますけど」

訛《なま》りのまったくないきれいな日本語であった。

「ああ、あなたが……」

想像とまるで異なっていた。慧琳が信用したのも分かるような気さえする。

しかし、さらりと「監視はついていない」と口にしたところを見ると、諜報関係者であることは疑いを容《い》れない。

「鄭のことは調べたわ。彼が今扱っている案件についても。第十局の所属で、階級は上尉。そこそこ偉いってとこね。でも日本支局に着任したのは一年ほど前。私も知らなかったはずだわ」

「あの、あなたは一体……」

「もう少し小さな声で」

「はい、すみません」

「カレーをおいしそうに食べて」

「はい」

言われるままにスプーンを口に運ぶ。うっかり多めに食べてしまった。辛さのあまり目に涙を浮かべてコップの水を急いで飲む。

「私はね、単なるボランティア」

「ボランティアって……あのボランティアですか」

「そう。趣味でやってるから。つまりプロじゃないってこと。でも面白半分の道楽って意味じゃないわよ。報酬目当ての商売でやってるってわけじゃないの。私ね、困ってる若い人を見るとほっとけなくて。それでこっそりアドバイスとかしてるのよ。以前は国家安全部も私のことを把握してたんだけど、わけがあって、ある時期から引き継ぎが途絶えてるの。だから鄭も私のことは知らないはずよ」

「さっぱり分かりません」

率直な感想を口にした。他に言いようがなかったということもある。

ダメだ、すっかり相手のペースじゃないか——もっと用心してかからないと——

「すみませんが、こんなの、素人が趣味で関われるものじゃないと思います」

「そうよねえ、普通なら」

宋佳は世間話でもしているかのような笑顔で、おかしそうに片手を口に当てた。

「ごまかさないで下さい。あなたさっき、ぼくに監視がついてないって言ったじゃないですか」

「それはあなたの案件がそこまで慎重を要するものじゃないってこと。かといって放置もできないので、念のため鄭が直接出張《でば》ってきたみたい」

宋佳の返答はこちらの投げかけた質問とずれていたが、その言葉を頭の中で検討した並木は、驚いて腰を浮かしかけた。

「あなたは、あの原稿の意味を知っているんですか」

「知らないに決まってるじゃない。へえ、そうなの、原稿なの、あなたが握ってるのは」

澄ました顔で言い、老婦人は上品な仕草でカレーを口へと運ぶ。

「こういうお店のカレーって、たまに食べるとおいしいわねえ。インドでもタイでもスマトラでもダメ。この味は日本にしかないわ。だから私、日本が好きなの」

「ちゃんと答えて下さい」

「私は鄭という機関員とその周辺の動きについて調べただけ。鄭のような地位にある男が自ら指揮を執っている。だけど問題の原稿を強引に奪取しようともしない。素人同然、いえ、完全に素人の女の子に任せたまま。そこから必然的に導き出された合理的解釈よ。もっとも、あなたが今監視されていないというのはこのお店に入る前に私が確認したわ。だからこうして接触《コンタクト》することにしたの」

何者なんだ、この人は――

並木は急に恐ろしさを覚えた。本人はプロではないと言っているが、到底信じられるものではない。

手にしたスプーンが皿に触れてカタカタと音を立てた。

宋佳は足許で怯える子猫を眺めるような笑みを漏らし、

「悪いけど、あなたのことも調べさせてもらったわ。国からハニートラップを命じられた慧琳がそこまで尽くす気になるなんて、一体どんな人かしらと思って。もしや公安か内調の機関員で、慧琳が逆に嵌められてるんじゃないかとも疑った。驚かなくてもいいわ。この世界じゃね、よくあることなの。むしろそっちの方が多いくらい。だけど、ちょっと調べただけであなたが普通の男性だって分かったわ。いいところも悪いところも含めてね。分かるような気がする。

慧琳はその普通さに惹かれたのね。あの子、国ではずいぶん酷い目に遭ったようだから。そりゃあ、あの子よりもっと酷い目に遭っている女の子はいくらでもいるわ。でも、私は別に世界中の子を助けようと思ってるわけじゃないから。日本のことわざにもあるわよね、『義を見てせざるは勇なきなり』って。出典は『論語』だけど」

「いえ、初めて聞きます」

「あらまあ、近頃の若い人はこれだから。ダメよ、もっと勉強しとかなきゃ」

「はあ、すみません」

並木はもう低頭するしかない。

「生まれてくる子のためにもがんばって勉強しときます」

福神漬けをすくおうとしていた宋佳のスプーンが止まった。

「慧琳は妊娠してるの？」

「はい。一昨日分かったばかりです」

彼女の顔色が変わっていた。いや、表情が消えていたと言った方がいい。そこには何者にも感情を悟らせない、峻厳《しゅんげん》さを突き抜けた絶対の空虚があった。

「並木さん、あなた、慧琳を幸せにするって誓える？　何があっても絶対に離さないってこの場で私に誓える？」

「この場でって、このカレー屋でですか」

「そうよ。何か不都合でも」

「いいえ」

「だったら早く答えて」

信用していいものかどうか、判断できない。これが罠でないという保証はどこにもないのだ。しかしその問いに対する返答だけは躊躇してはならないとなぜか思った。

明らかに諜報関係者でありながら、そしてスパイの非情を示す素早さで一切の表情を消しながら、宋佳なる老婦人が山田や鄭とはまるで異なる空気をまとっていたせいもある。

あるいは、言語を絶するカレーの辛さに判断力が麻痺《まひ》したか。

「もちろんそのつもりです。ぼくは彼女と結婚します」

しばし並木の顔を眺めていた宋佳は、カウンターの下に置いていたハンドバッグから旧式の携帯電話を取り出した。

「これを渡しておくわ。誰にも把握されていない〈キレイ〉な携帯。型は古いけどちゃんと使える。もう行かなくちゃ。今夜電話するから詳しい話はそのときに。慧琳にも伝えておいて。あの子の気持ちも聞いておかなくちゃね。心配しなくていいわ。いろんな事情もあるだろうし。その確認が取れ次第、動いてみるわ」

「動くって、どういうことです」

この老婦人に一体何ができるというのか。並木の想像できる範囲をはるかに超えている。

「ああ、おいしかった」

スプーンを置いた宋佳は、一転して元の柔和な笑顔に戻っている。

「楽しかったわ。またお会いしましょう、並木さん。今度は慧琳も一緒にね」

並木の質問に答えることなく立ち上がり、優雅な足取りで店を出ていった。

これでよかったのだろうか――

渡された携帯を握りしめ、並木は自問を繰り返す。もとより正答が出るはずもない虚《むな》しい問いだ。

壁面の時計にふと目を遣《や》って仰天した。間もなく昼休みが終わってしまう。かき込むことすらできない激辛カレーは放棄して、並木は慌てて店を後にした。

吹き出る汗を拭いながら、庁舎に向かって早足で進む。

もしかしたら、自分はとんでもない過ちを犯してしまったのかもしれない――

そう考えるだけで怖かった。恐怖とカレーの辛さとで、内臓が炎で炙《あぶ》られているかのような心地がした。


その夜、並木のもとに電話が立て続けに入った。

山田からも、鄭からもかかってきた。内容はどちらも同じ、原稿の催促だ。こう原稿、原稿と言われると、まるで自分が作家にでもなったかのような気分になってくる。

「はい、大丈夫です。原稿は確保できました。明日必ず渡します」

山田から電話を受けた並木は、慧琳が見守る前で本職の作家の如くそう答えた。

一方で鄭に対しては、「もう少し待って下さい、慧琳は必ず説得します」と答えた。

鄭は慧琳にもかけてきた。

「お待たせして申しわけありません。原稿は用意できました……日本人の相手はこりごりです、もう一日だって一緒になんか……はい、明日必ずお渡しします」

並木の前で、慧琳は鄭に対してそう応じた。

通話を終えた慧琳がスマホを手にしたままこちらを見る。

並木は大きく頷いてみせた。

これでいい。これしかない。

これが自分達の選んだ道なのだ。後悔はしない。した瞬間に負けてしまう。自分達は勝つしかない。

並木は慧琳を無言で抱き寄せた。彼女の手からスマホを取って、テーブルの上にそっと置く。そして映画のようなスマートさで、彼女を激しくかき抱いた。今夜は奇跡的にうまくできた。同時に、二度とできる気がしないとも感じていた。

11

翌朝、並木はまたも休みを取った。理由は親族の急病である。これまでの勤務態度が幸いしたのか、特に疑われることなく了承された。

午後三時、ＪＲ総武線両国駅西口に立ち、山田を待った。こちらからその時刻と場所を指定したのである。並木の住む門前仲町からは両国まで都営大江戸線で三駅だから、合流地点としては妥当なところだろう。

二分後、山田が現われた。ＪＲの改札を抜けてきたわけではない。〈どこからともなく〉としか言いようのない出現ぶりだった。

「待たせたな」

横柄な口調のまま山田は言った。待たせたつもりなど毛頭ないといった顔である。

「いえ、三時の約束ですから。いつもながら時間通りですね」

「そっちもな」

山田は視線を合わさずにそっと手を差し出す。

「なんです？」

「原稿に決まってるだろう。早く渡せ」

「こんなとこでですか」

「今さら何を言ってるんだ」

呆れたのか驚いたのか、山田が初めて並木を見る。

「実は、ちょっとお話ししておきたいことがあるんです」

「話だと」

「ええ。慧琳と鄭に関して」

「ほう」

山田は納得したようだった。並木はすかさず先に立って歩き出す。

「せっかくだから、歩きながら話しましょう。散歩しているように見せかけて下さい」

「分かった」

国技館通りを蔵前橋の方に向かって歩き出す。

山田が一人で来たとは思えない。周辺に公安が何人か配置されているものと思われたが、並木は構わず話し出した。

「いやあ、今度の件は、日本人として反省するばかりです。なにしろハニートラップに引っ掛かっただけでなく、相手の正体が分かっても、原稿を取り上げるのに散々手を焼かされて。やっぱり中国の女は性悪ですよ。山田さんのおかげで目が覚めました。中国人てのは、なんていうか、遠慮ってものがない。ほら、子供のマンガにあったでしょ、『自分のモノは自分のモノ、他人のモノは自分のモノ』って。アレですよ、アレ。有名なフレーズですよ、知りませんか」

そうしたやくたいもない話を延々続ける。

山田はすぐに痺れを切らしたようだった。並木の話を強引に遮り、

「鄭の話はどうなった」

「それなんですけどね」

並木は周囲を窺《うかが》うような素振りを見せ、

「ぼくの持ってる情報と原稿を提供したら、本当に安全を保証してくれますか」

「前に言った通りだ。心配するな」

「念書、書いてくれます？」

「ふざけるな。立場をわきまえろ」

「こっちは必死なんですよ」

真剣な声音で言うと、山田がじろりとこちらを睨んだ。

「証拠となるような物を残せると思うのか。常識で考えろ」

「常識って、こんなときの常識なんて知りませんよ。立場をわきまえろとも言いましたが、あなたがぼくの立場ならどうします？　自分が助かるために必死にもなろうってもんじゃないですか」

「それは一理ある」

苦々しげに山田が呟く。

「だが、こっちの立場も考えてくれ。外事の捜査員が身分を明かして証文を書けると思うのか」

「それは、確かに難しいかも」

「合理的に考えろ。少なくとも我々は原稿さえ手に入れればおまえにもう用はない。おまえはSNSによけいな書き込みをしたりとかしないよな？」

「はい、絶対にしません。頼まれたってしません」

「この件についてはすべて忘れるよな？」

「もちろんです。速攻で忘れます。二度と思い出しません」

「ならばいい。人事査定のマイナスになるようなことをわざわざ農水省に教えてやるほど我々は暇じゃない。それは中国だって同じことだ。寝た子を起こすようなことはしないのが連中の流儀だ。つまり、よけいなことをしない限り、どっちに転んでもおまえは安全というわけだ」

「念書を書くまでもないどころか、書けばかえってぼくにとってもマイナスになると」

「急に呑み込みが早くなったな」

蔵前橋に差し掛かった。並木は自然な動作で左に曲がり、橋を渡る。

「で、おまえは一体どんな情報を持ってると言うんだ」

「鄭は国家安全部第十局の上尉です」

山田が表情を一変させる。鄭について、公安はそこまで把握していなかったようだ。

「どこでそのネタを」

「慧琳です。彼女から聞き出しました。最初に慧琳と鄭が接触したのは、来日時の受け入れ先だった日本語学校です」

相手が俄然《がぜん》興味を持ったのが手に取るように分かった。

「日本に赴任してまだ一年足らずということなので、公安が鄭のことを把握していなかったとしてもおかしくありません。レンズの黄ばんだ眼鏡をかけた風采の上がらない男です。あくまで見かけの話ですが。慧琳によると、外見に騙されて油断していると痛い目に遭うって。彼女もそれで弱みか何かを握られたのかもしれません。なんだかんだ言っても、慧琳はもともと単なる素人の留学生ですからね」

「おまえ、確かあの女を味方にできるかもしれないと言っていたな。もしかして成功したのか」

「今のところは。でも、中国の女ですよ？　いつ裏切るか知れたものじゃありません」

橋を渡りきり、隅田川テラスに下りる。

午後のうららかな日差しの中、散歩している老人や談笑している主婦の姿がちらほらと目についた。

少し歩いてから、並木はことさらに声を低めて切り出した。

「この上に知っている店があります。ちょっと休んでいきましょう。鄭について、まだとっておきの情報があるんです」

「いいだろう」

山田が同意するより早く、並木は目の前の階段を上がっている。

道路に出て、向かいのすぐ右手にあったビルに入る。長いエスカレーターの手前に、「2Fカフェテラス・リバーウエスト」と記されたモダンな看板が立っていた。

時間帯のせいか、フロア全体が閑散としている。並木は広々とした入口から、『リバーウエスト』の店内へと入った。

「いらっしゃいませ」

近寄ってきたウエイターに向かい、並木は軽く手を上げてテラス席を指差した。そのまま構わずにテラスへと直行する。

隅田川に面したテラスはこの店の売りでもある。スカイツリーも間近に見えるし、夏の花火大会では特等席となって人気を博している。今は川面《かわも》に反射する陽光が白く躍りあふれて目に痛い。

テラス席にも客はほとんどいなかった。その中で、並木は一直線に客のいる丸いテーブルへと向かう。

「やあ、お待たせ」

そのテーブルにいた先客は、若い女と、年齢不詳の男だった。

並木が声をかけたのは、もちろん若い女――慧琳の方にである。

「どういうことだっ」

並木についてきた山田が低い声で唸《うな》るように言う。

テーブルにいた眼鏡の男――鄭はスマホを耳に当てた恰好で、レンズの奥の両眼を見開いている。

「ご紹介しましょう、こちら、中国国家安全部の鄭さん、そしてこちらが警視庁公安部外事二課の山田さん」

山田がまたも怒声を発しようとしたとき、メニューを手にしたウエイターがやってきた。

反射的に山田も並木も席に着く。

「ご注文がお決まりの頃にお伺いに参ります」

「コーヒーでいい」

不自然な笑みを浮かべた山田が即座に注文する。慧琳の前にはレモネードのグラス、鄭の前にはコーヒーカップがあった。

「あ、ぼくもコーヒーで」

「承知しました」

一礼してウエイターが去る。

「説明してもらえるかな」

スマホをしまった鄭が慧琳、次いで並木を睨みながら不気味なまでに静かな口調で言う。

「せっかくのご縁ですので、最前線で働いておられる日中両国の担当者をお引き合わせしようと思ったまでです」

「ふざけるなよ」

鄭の静謐《せいひつ》に対し、山田が威嚇的に言う。

慧琳は打ち合わせ通り、原稿を渡すと鄭に約し、この店で待ち合わせた。ただし午後二時半に。

時間をずらしたのは、入店の際に双方が出くわす危険を避けるためである。鄭も店の周辺に人員を配置しているだろうが、問題はない。鄭がスマホを耳に当てていたのは、ビルに入る自分の姿を発見し、驚いた部下からの緊急連絡を受けたからだ。

こちらが到着するまでの間、慧琳も鄭に日本人の悪口や山田の情報について話しながら時間を稼ぐという手筈《てはず》であった。

それは順調に進行している。少なくとも今のところは。

落ち着け、落ち着くんだ——

いくら自らに言い聞かせても、両国駅にいたときからの激しい鼓動は収まる気配を少しも見せない。

それでも最大限に平然とした態度を装い、並木は鄭と山田にはっきりと告げた。

「これがぼく達二人で考えた安全保障です」

山田が怒気も露わに押し殺したような声で言う。

「一体なんの冗談だ」

「そうか、君達はやはり本気で一緒になるつもりだったんだな」

沈痛な面持ちで呟く鄭に、山田が呆れたように聞き返す。

「一緒になるだと？　ハニートラップの女とか？」

そして並木に向き直り、

「貴様はそこまで骨抜きにされていたのか。こんなどこにでもいるような女に」

「慧琳を侮辱するのはやめて下さい。彼女のような人がそこらにいるって言うんなら紹介してもらいたいものですね。少なくともぼくにとってかけがえのない人なんだ」

「いくらでもいるだろう。ありふれた地味顔の女だ。俺の知る限り、ハニートラップとしてはまず最低クラスだな」

「慧琳はとてもかわいらしい女性だ。それ以前に、ルッキズムでどうこう言うのは古い日本人の悪い癖です」

「突然フェミニズムに目覚めたとでも言うつもりか。ツイッターのやり過ぎだ」

「ぼくのSNSくらい、そっちで監視しているでしょう。してないとは言わせませんよ」

「それがどうした。プライバシーの侵害で訴えるか」

「やめましょう、山田さん。そもそもぼくが彼女に操られてるんなら、あなたには何も言わず原稿を鄭さんに渡していたはずだ。違いますか」

反論できずに山田が呻《うめ》く。

「君達の意志は分かった」

鄭はどこまでも重々しい口吻《こうふん》で問う。

「さっき安全保障と言ったね。その意味を教えてくれないか」

「原稿は公安と中国の双方に渡します。両方が手にすれば、それは機密の意味を失う。どっちがどう使おうとしても、必ずもう一方が対抗策を打つ。つまりは抑止力という理屈です。ぼく達に手を出す意味もなくなる」

鄭は山田と顔を見合わせ、

「呆れたな。理屈は分かるが、君達がそこまで愚かだったとは。慧琳は国家を裏切った。我々が放置するわけはないだろう。彼女がある日突然失踪し、君が捜索願を出したとしても、警察は何もしてくれない。そうでしょう、山田さん」

「それだけじゃない。おい並木、警察がここまでコケにされて黙ってるとでも思ったか」

日中双方の機関員が急に連携して脅しをかけてきた。凡庸で陳腐な言葉の中に、常人とは異なる凄みがある。陽光の降り注ぐバルコニーに、氷点下の寒風が吹きつけてきたようだった。全身の震えを止められない。

それでも凍りついたような舌をなんとか動かし、用意してきた文言を告げる。

「ぼく達……ぼくと慧琳の身に何かあれば、原稿のコピーとこれまでの経緯をすべて記した文書が――」

「文楽《ぶんらく》出版の村中だろう」

山田が面白くもなさそうに言った。

「村中のことが知られているのは承知の上です。だから――」

「佐々木、徳島、武本、新藤、それに石井。大体そんなとこだろう。そいつらを経由してマスコミにデータが渡るという段取りだな」

言葉を失うとはこのことだった。

自分の交友関係はあらかた把握されているとは思っていたが、まさかここまでとは。

「図星のようだね」

鄭もまた山田と同じ表情でコメントする。

山田は続けて、

「たとえ他の手を打っていたとしても、貴様の女が中国のハニートラップだったという事実が明らかになった時点で、日本のマスコミは興味を失う。それどころか、ハニートラップに引っ掛かった公務員として、貴様のことを面白おかしく書いてくれることだろう」

慧琳も蒼白《そうはく》になっている。

「徹頭徹尾、素人の浅知恵というやつだな」

山田が嘲笑混じりに吐き捨てた。

「ぼくらは……」

「ぼくらは、なんだ？」

ぼくらはやっぱりアマチュアだった。無謀なだけで、プロの前ではまったくの無力だ。

それでも――それでも覚悟を決めてきたはずじゃないか――

並木はバッグからファイルケースを取り出し、テーブルの上に置いた。慧琳も同じものを取り出す。

「これが例の原稿です。全部あります。ぼくも慧琳も、それぞれ約束はちゃんと果たしました。だからもうぼく達を――」

「放ってはおけんよ」

鄭が静かに告げた。

「残念だが、さっき言った通りだ。君のことは知らんが、中国人の問題は同国人の我々が始末する。いいですね、山田さん」

「ええ、勝手にどうぞ。ただし、事件性が表に出ないようにして下さいよ」

「心得ております。ご迷惑はおかけしません」

「そんな……」

「あきらめろ、並木」

山田が嗜虐《しぎゃく》的な笑みを浮かべる。

「貴様の方はこっちでたっぷり面倒を見てやる。楽しみにしとけ」

「ところで山田さん、原稿の件については席を改めてお話ししましょう」

「ええ、そうするしかないようですな」

「私どもとしては、一度本国に問い合わせねばなりませんので、日時はこちらから連絡します」

「分かりました。我々も上に報告する必要がありますので」

「それで具体的な連絡方法なのですが……」

並木達の存在などすでに忘れ果てたかのように、二人はなにやら剣呑《けんのん》な会話を始めた。

慧琳が目に涙をためてこちらを見る。

「ごめんなさい……わたしのせいで……」

「謝るのはぼくの方だ。だってぼくが……」

「いいえ、最初にわたしが……」

「うるさい、おまえらは黙ってろ」

山田が不機嫌そうに怒鳴る。慧琳が怯えたように身をすくめた。

駄目だ、このまま黙っていては——慧琳は妊娠してるんだ——

「お願いします。ぼくはどうなってもいい。慧琳だけは助けて下さい」

およそ考え得る中で最もありきたりの言葉が出た。

人間、本当に追いつめられたときに使う言葉は自ずと決まってくるものらしい。だが今は、なんとしてでも彼女の分だけでも救済の言質《げんち》を取っておく必要があった。自分はクビになるかもしれない。社会的経済的にどん底まで突き落とされる。だがよもや命を取られることまではないだろう。対して中国人である彼女には、どんな厳しい制裁が科せられるか知れたものではない。中国の法に詳しいわけではないが、国家情報法とか国家安全法とか、いろいろと恐ろしい法律があったはずだ。

「お願いします、お願いします」

自分は情けないほど無力で、浅はかで、なんのノウハウも持たず、抵抗の方法さえもまるで知らない、つまりは普通の人間だ——

「お願いします、この通りです」

鄭に向かい、何度も同じ言葉を繰り返した。

「悪いがそういうわけにはいかんのだ」

そのまなざしに、先ほど覗いた悲しげな色はもう微塵《みじん》も残っていない。非情に徹した冷酷さで鄭が無機的に宣告する。

そのとき——

「あらあらー、皆さんもうお揃《そろ》いなの。お待たせしちゃってごめんなさいね」

座の空気とはまったく相容れない明るい声がした。

「宋佳さん！」

大きなサングラスをかけた宋佳は、背後のウエイターを振り返って、

「今日は暑いわね。クリームソーダはあるかしら」

「はい、ございます」

「じゃあ、それをお願いするわ」

「かしこまりました」

ウエイターは隣のテーブルから椅子を移動させて宋佳のために席を作った。

「あら、ありがとう」

「いえ、どういたしまして」

ワンピースに明るいベージュのサマーカーディガンを羽織った宋佳の上品さに魅せられたのか、ウエイターは愛想のよい笑みを残して去った。

その間、鄭も山田も黙っている。

「誰だ、こいつは」

山田が詰問してきた。その目は全員を見回している。何かの罠に嵌まったのではないかと疑っているのだろう。それは鄭の方も同様だった。

「私は知らない。こちらで把握していたなら店に入ってくる前に部下が連絡してきているはず

だ」

「じゃあなんなんだ。一般人だとでも言うのか」

「一般人ですよ、私は」

澄ました顔で宋佳が言う。

並木と慧琳はと言うと、言葉どころか声さえも失っている。

「貴様はさっき、宋佳と呼んでたな。こいつのことを知っているな」

しまった――だから自分は素人なのだ――

「知ってます」

「何者なんだ」

「それは知りません」

「ふざけるなっ」

山田でなくても怒るだろう。だが、自分が宋佳の素性を知らないのは本当だった。

「君はどうなんだ」

鄭が強い口調で慧琳を質す。

声を上げずに泣いていた慧琳は、黙って首を左右に振った。

「この子達を責めないであげて。今日は私が勝手に来たんだから」

「勝手に来ただと？　ここまで尾行してきたとでも言うのか。我々にも中国にも気づかれずに」

「ええ、そうよ。前から思ってたけど、近頃の機関員の質的低下は問題よね。これだけテクノロジーが進化してるってのに」

ハンカチを取り出した宋佳が、母親のように慧琳の涙を優しく拭いて言い聞かせる。

「もう大丈夫、泣かなくていいわ、ね？」

そこへウエイターがクリームソーダを運んできた。

「お待たせ致しました」

鄭と山田の表情が瞬時に「親戚のおじさん」の如きそれに変化したのは異様であり、ある意味滑稽でもあった。

ウエイターが去ると同時に、二人の顔が元通りに、いや、先刻以上の形相に変わる。

「所属を言え。どこの機関員だ」

最初に口を開いたのは鄭であった。

「あなたがそれを私に訊くの、上尉？　恥ずかしいとは思わない？」

「どういう意味だ。フリーの工作員なのか」

ふう、とため息をついて、宋佳は持参のトートバッグから薄型のノートパソコンを取り出した。超軽量を売りにしている薄型の最新モデルである。

「何をする気だ」

山田の問いには答えず、

「モニターを店側には向けられないから、皆さん、こっちに移動して」

宋佳はノートパソコンの蓋を店に向けるように椅子ごと移動した。つまり宋佳の背後は隅田川という位置だ。

「これを見れば分かるわ。皆さんも画面が見えるようにこっちに来て。万が一ということもあるから、ほかの人にモニターを見られないようもっと寄って、そう、そんな感じ」

一同は仕方なく半円形に宋佳を取り囲むように移動した。左端から鄭、慧琳、宋佳、並木、山田という並びである。店員や他の客からすると、仲のよい親族かサークル仲間が一緒に録画映像を観賞しているようにしか見えないだろう。

「おい、一体何を見せるつもりだ」

「いいから、そこで待ってなさい」

山田の質問を聞き流し、宋佳は器用にキーを叩いて、セキュリティが厳重なことで知られるウェブ会議のシステムツールを開いた。

「あっ待て」

自分達の姿を見られるとまずいと思ったのだろう、山田と鄭がフレームアウトするように距離を取る。

だがその瞬間、画面に大きく映し出された顔を見て山田が驚愕《きょうがく》の声を上げた。

「まさか、そんな――」

山田だけではない。鄭、慧琳、それに並木も同じであった。

画面の中からこちらを見ていたのは、日本人なら誰でも知っている人物であった。

花見沢剛太郎《はなみざわごうたろう》。与党最大派閥の領袖《りょうしゅう》にして親中派で知られる大物古参議員である。

〈おお宋佳、しばらくだなあ〉

「こちらこそご無沙汰してごめんなさいね」

〈相変わらず別嬪《べっぴん》じゃな。いや、ちょっと見んうちに若返ったんじゃないのか〉

「まあ、剛ちゃんたら、何十年経《た》ってもお上手ねえ」

〈かれこれ四十年にはなるかなあ、初めておまえに会ってから〉

「もうそんなになるかしら。早いものねえ、人生なんて」

〈そうだなあ。昔はわしも若かった〉

「今だって若いじゃないの」

〈嬉しいこと言ってくれるね……ところで、そこに腕だけ映っとるのが公安の男か〉

「ええ」

〈もうちょっと真ん中に寄れと言え〉

「山田さん、花見沢先生がお呼びよ」

宋佳に言われるまでもなく、山田はパソコンの前で直立不動の姿勢を取っている。

〈君の本名も公安部長の斉藤《さいとう》君から聞いとるが、ここは山田にしておこうか〉

「えっ、部長から？」

画面の中の老政治家が頷いた。

〈話は宋佳から聞いた。共産党中央政治局委員の人事案だって？　外された奴は面白くないだ

ろうが、要するに用済みのメモにすぎんのだろう〉

「それはその通りでございますが、使いようによっては――」

〈それでな、唐光召《とうこうしょう》先生に電話してざっくばらんに話してみた〉

「えっ、唐総理と」

今度は鄭が仰天した。

〈そうだ。国務院総理の唐さんだ……で、君が鄭君か〉

「はいっ」

鄭も山田と並んで直立不動となる。

国務院とは中華人民共和国の最高国家行政機関であり、国家安全部の上位機関に当たる。またその主宰者たる国務院総理は日本で言えば首相に相当する――というのは、並木がネットであれこれ調べているうちに得た知識だ。

現場の機関員でしかない山田や鄭が硬直するのも当然だろう。彼らにしてみれば雲の上どころか、成層圏を突き破って宇宙の彼方の住人だ。

〈唐先生とわしは長年の知己でな、それはともかく、唐さんも苦笑いしておったよ。確かにそんなメモが出たら面倒だ。しかし、それでどうなるというものではない。あくまでも人事案の一つだからな。本来ならわしらが出張るような話でもないが、宋佳の頼みとあってはほっとけん。唐先生も懐かしがっておられたよ。宋佳は元気でやっているかとな〉

「失礼ですが、花見沢先生」

おそるおそる鄭が問いかける。

「唐総理がどうしてこの女のことを……」

〈なにィ、君は国安部のくせしおって、そんなことも知らんのか〉

花見沢があからさまに機嫌を悪くする。

「はっ、申しわけもございません」

〈唐先生はな、公安畑の出身で以前は国安部の部長を務めておられた〉

「それは存じておりますが」

〈宋佳は唐先生が国安部日本支局員だった頃の部下だ〉

昼下がりのテラスで、宋佳当人を除く全員が驚倒する。

花見沢は往時を懐かしむように、

〈なにしろ宋佳は、当時ナンバーワンのハニートラップ要員じゃったからなあ。プロの中のプロとは宋佳のことだ。本当に大したもんじゃった。そうだ、宋佳を運用していたのが唐さんだ。唐光召の今日があるのも、宋佳の働きのおかげと言ってもいい。唐さんは今でも宋佳に感謝しとるよ〉

「あの、ちょっと待って下さい」

並木も思わず口を挟む。

〈君は？〉

「この人が並木さんよ、農水省の」

宋佳がすかさず紹介してくれた。

〈そうか、君が並木君か。農業も水産業も日本の礎《いしずえ》だ。頑張って励んでくれよ。それで、なんだ？〉

「もしかして、花見沢先生は、宋佳さんの、なんと言いますか、その……」

いきなり花見沢が豪快に笑い出した。

宋佳もほんのりと穏やかに笑っている。

〈その通り。不肖花見沢剛太郎、男盛りの過ぎし日に、宋佳の色香にまんまと引っ掛かったっちゅうわけだ〉

並木はもちろん、またも宋佳を除く全員が凝固する。

張建勲の原稿などよりこっちの方がよほど重要機密ではないか。

「違うの、花見沢先生はね、私がハニートラップだってすぐに見抜いたわ。それでも気にせず私を愛して下さったのよ」

さすがに照れながら宋佳がフォローする。

〈あの頃の宋佳は本当にいい女だったからなあ。据え膳食わぬは男の恥と、昔は永田町の誰もがよう言うとったもんだ。今はもうそんな時代じゃないがな〉

「もしかして、それは当時でも大問題だったんじゃ……」

たまらずよけいな突っ込みを入れてしまった。

〈いやあ、それだけ宋佳に惚《ほ》れとったんだ〉

「そんなこと言ってたら本気にされるじゃないの」

宋佳にたしなめられて大物政治家が毛髪の残り少ない頭を掻《か》く。

〈すまんすまん。じゃが、惚れとったのは本当じゃよ。いや、今でも本気で惚れとるぞ〉

「花見沢先生はね、私との密会の折々にいろんな情報を下さったの」

今度は山田が目を剝《む》いて、

「それは国家機密漏洩《ろうえい》に当たる行為では」

老獪《ろうかい》な古狸《ふるだぬき》が平然と首肯する。

〈そうとも言うな〉

「もう、剛ちゃんたら、ほんとに変わらないんだから」

宋佳が画面を睨みつける。

〈分かった分かった〉

花見沢は今度こそ真面目な顔になって、

〈もちろん時の総理であった船木戸《ふなきど》先生にも報告しておる。わしは日中の架け橋となるために、船木戸先生の意を受けて、外交交渉がスムーズに進むよう宋佳に材料を渡しておったのだ〉

そんなことがあったのか――

花見沢が親中派と呼ばれるようにもなるはずだ。本来なら宿敵であったはずの唐光召と友情を育んでいるのも理解できる。

山田も鄭も茫然自失《ぼうぜんじしつ》の体《てい》だった。

〈それがうまくいって当時は日中関係も良好だったが、今ではなあ……何が悪かったのか、まあ原因はいろいろあるが、すっかりこじれてしもうて……〉

老政治家が嘆息する。

ハニートラップは肯定できる行為では決してない。唾棄すべき最悪の諜報手段とさえ言える。しかし花見沢は、それを有効な駆け引きの窓口として逆手に取ったのだ。

花見沢は自らの命取りともなりかねないハニートラップと知りながら宋佳を愛し、日中の融和を図った。宋佳もその真意に触れたからこそ、真心を捧げたに違いない。

もちろんそんなきれいごとばかりではないはずだし、ロマンと呼ぶにも当たらない。むしろロマンから最も遠い、生々しいものだったのではないかと思う。だが少なくとも、花見沢には今の政治家にはない度量と度胸があったということだ。そしてハニートラップの女の心を捕らえるナイーブさも。

〈そこでだ、山田〉

「はいっ」

山田がさらに背筋を伸ばし、裏返った声で返事する。

〈問題の原稿は日中両国の手に入ったんじゃから、ここは一つ、痛み分けということで収めてくれんか。斉藤君にはわしから話しておく。なんなら公安委員長の尾沢《おざわ》君にも——〉

「いえ、その必要はありません。万事了解しました」

慌てて制止する山田を、花見沢がモニター越しに睨《ね》め据える。

〈それだけじゃないぞ。そこにおる青年と中国のお嬢さんのことはとっとと忘れろ〉

「はいっ、忘れましたっ」

次いで花見沢は、画面の向こうから視線を鄭に向け、

〈そういうわけだ、鄭君。中国の法律は尊重するし、内政に干渉するつもりもないが、まあ、特例措置ということでその女の子は見逃してやってくれんかね〉

「唐総理がお認めであるならば、私如きに異論などあるはずもございません」

〈よし、話は決まった。これでいいな、宋佳〉

「ありがとう、剛ちゃん先生。助かったわ」

〈なんのなんの。それより、せっかく電話してくれたんだ、近いうちに二人で昔話でもせんかね。老酒《ラオチュー》のちょいとうまい店が赤坂にできたんだ〉

「いいわね、考えとくわ」

そう答えた宋佳の横顔に、並木は微かな哀切の色を見て取った。

花見沢の誘いに応じるつもりは宋佳にはないのだ。政治家として頂点に近い地位にまで昇った花見沢に対し、自分は距離を置くべきであると考えている。そして花見沢もまた、宋佳の気持ちを察している。

〈そうか、楽しみにしとるぞ。じゃあ元気でな、宋佳〉

「ええ。先生も体には気をつけて。お互い歳《とし》なんだから」

〈うん、そうだな。久々におまえの顔を見られて嬉しかったよ〉

上機嫌でありながら、どこか寂しげな花見沢の顔が画面から消えた。

宋佳はノートパソコンを閉じ、鄭に言う。

「唐部長――いえ、今じゃ国務院総理ね――唐総理は感謝の印として私に自由を下さった。それでも長いこと国安部日本支局の内部で私の情報は引き継がれてたはずなんだけど、どこかの時点で途切れちゃったみたい。日本で困ってる同胞の相談に乗ったりしてたから、私の存在に気づいた機関員もいたとは思うんだけど、単なる世話好きの婆さんだと見なされてたのね」

鄭が宋佳のことを知らなかったわけだ。

「でも、私にとっては幸いだったわ。自由にいろんなことができたもの。やることなすこと当局に把握されてるなんて、想像以上に息が詰まるものよ」

「すみません宋佳さん、わたしが相談なんかしたばっかりに、せっかくの自由を……」

まだ涙の乾いていない慧琳が、宋佳に向かって頭を下げる。

「あなたが気にすることなんてないわ。これでかえって今の国安も私に手出ししようなんて思わなくなるはずよ」

慧琳を優しく慰めつつ、宋佳はちらりと鄭を見た。

鄭は無言で低頭するのみである。その内心は決して穏やかではないだろうが、唐光召という中国政府の大物が控えている限り、宋佳にはもう近寄りたくもないというのが本音だろう。

宋佳にとって、花見沢剛太郎というカードは最強にして最後の切り札であり、できれば切らずに温存しておきたかったであろうことは想像に難くない。それを彼女は切ってしまった。

プロとアマの違いこそあれ、ハニートラップ要員として宋佳は言わば慧琳の大先輩だ。誰に対しても決して誇れぬ任務を務めた女として、それだけ慧琳に同情したのだろう。

こうして考えてみると、最初に慧琳が宋佳に相談を持ちかけたときから、彼女は慧琳の抱えている苦しみを見抜いていていたに違いない。だからこそ花見沢という最強のカードを出してくれたのだ。

それくらいのカードでなければ、国家という敵から個人を保護することなど不可能だと、彼女は誰よりも理解していた——

「それと、並木さん」

「え、あっ、はい」

いきなり呼びかけられて狼狽する。

「花見沢先生と唐先生は言わばあなた達の媒酌人。お二方のご厚意を無駄にするようなことはしないとこの場で約束してちょうだい」

「え、それはつまり」

「慧琳を必ず幸せにするってこと。いいわね」

「もちろんです」

「もしそれが嘘だったら、公安が今度こそあなたを捻り潰すかもしれないわよ」

すかさず山田が呼応する。

「どうかお任せ下さい。並木という名前は忘れましたが、ご連絡があり次第、すぐさま思い出すような気がします」

心なしか、それまで悄然としていた山田が少しばかり息を吹き返したようだった。

「大丈夫です。慧琳を二度と放したりしません」

宋佳は微笑みながら大きく頷いていたが、それはどこか、形だけのもののような気がしてならなかった。

同じ約束は以前にもさせられた。職場近くのカレー屋でだ。なのに念を押すようにまたも誓わされた。

分かるような気がする、と言えば傲慢だろう。ハニートラップの女がありきたりの幸せをつかむのがいかに困難であるか、彼女は自らの人生を通して痛感しているであろうから。

つい先日まで、自分はそんな世界について考えたことさえなかったのだ。

「じゃあ、話はこれでおしまい」

すっかりアイスクリームの溶けたクリームソーダを宋佳はストローでかき回した。

「クリームソーダはまずアイスクリームを半分だけ食べる主義なんだけど、今日だけは特別ね」

そんなことを言いながらゆっくりと飲み干し、往年の美人機関員はノートパソコンをバッグにしまって立ち上がった。

「慧琳ちゃん、並木さん、末永くお幸せに。赤ちゃんの顔は見たいけど、もう会う機会のない方がお互いに幸せってこと。しょうがないわね、これぱっかりは」

「ありがとうございます、宋佳さん」

慧琳がまた瞳を潤ませながら礼を言う。並木も慌てて彼女にならった。

「ありがとうございました。本当に感謝します」

「あらそう。なら、クリームソーダはごちそうになっていいかしら」

「ええ、もちろん」

そして宋佳は来たときと同じく、飄然《ひょうぜん》と去った。

「では皆さん、ごきげんよう」

山田と鄭は、それぞれスマホを取り出し、同時に発信している。

「撤収」

「撤収《チェアショウ》」

おそらくは同じ内容の指示を短く告げて、二人相前後して何も言わずに出ていった。こちらに視線を合わせることもなく。

終わった——

並木は深い息を吐き、慧琳と顔を見合わせた。

丸いテーブルの上には、伝票が残されていた。日本も中国も、ドリンク代の経費を払う度量さえないらしい。あるいは精一杯の意趣返しか。

「まあいいか」

並木は声に出して呟いた。この程度の出費で済んだなら、国際的に考えても奇跡だろう。

自分達も早く立ち去りたかったが、体が震えてすぐには動けそうになかった。疲労感と、それに虚脱感も押し寄せてきた。

どうやら慧琳も同じらしい。互いにいたわりの言葉を掛け合う気力さえなく、目の前のドリンクを飲み干して、二人一緒にクリームソーダを追加で注文した。

隅田川に躍る陽光が、いつの間にか橙色《だいだい》を帯びていた。

12

翌日からいきなりこれまで通りの日々が戻ってきた。

厳密に言うと、それまでとはほんの少しだけ違っている。

並木は職場の同僚達に、慧琳と結婚する予定であることを発表した。彼女が妊娠中であることや、業務繁多の折から入籍だけで特に式は行なわないことも。

「じゃあそれって、デキ婚とかおめでた婚とかいうやつですか」

無神経にもほどがあることを口走ったのは、例によって佐古田であった。他の面々は慣れているからそんな発言は聞こえなかったかのように無視している。

「いやあ、子供ができたのは事実だから否定のしようもないけど、いいきっかけになったのは間違いないよ。こればっかりは、頭で考えてたのと、自分が体験するのとでは全然違うね。結果として本当によかったと思ってるんだ」

明るい口調で言ってみせると、皆もほっとしたようだった。職場において、こういうことで気を遣うのは意外にストレスとなるものだからだ。

根本や長谷川達も口々に祝福してくれた。

おめでとうございます、新婚旅行とかはどうするんですか、赤ちゃん楽しみですね——そんな型通りの祝福を受けたと思ったら、次の瞬間には皆それぞれの仕事に戻っている。

すべては単なる儀礼でしかない。しょせんは他人事なのだ。しかしその儀礼こそが社会には必要で、それで職場も回っている。

社会人なら誰しもが理解しているルールであり常識だ。並木も自分の仕事に戻ろうとしたとき、

「並木補佐」

顔を上げると、そこに中島が立っていた。

「すみませんでした」

「え、なに？　なんで君が謝るの？」

「実は私、並木さんが慧琳ちゃんと別れるんじゃないかと思ってたんです」

それは意外な告白だった。

「え、どうして」

「私、学生のときに同じ公務員志望の友達に誘われて合コンに参加したことがあるんです。相

手は外務省の若い人達でした。みんなノンキャリでしたけどね。最初はいい感じで楽しくやってたんですけど、店員さんがアジア系の外国の人だったんです。そしたら、話題がいつの間にか変な感じになってて……」

「変な感じって、外国人の悪口とか？」

「まあ、そんなとこです。男の人達も、私の友達も、みんなおんなじ顔に見えてきて……私の考えすぎかもしれませんけど、なんでだろうなあとずっと引っ掛かってて、今でも思い出したりします。そのときの友達の一人が外務省の人と結婚して、別の一人は入管の職員になりました。去年くらいまでたまに話したりしてましたけど、正直、もう会いたいとは思いません。昔はそんな子達じゃなかったのに……」

そこで中島は自らの内を探るように言い淀《よど》み、

「失礼を承知で言いますと、並木補佐って、すごく公務員って感じがしてたんです。あの合コンのときの人達みたいに」

「ほんとに公務員なんだから別に失礼なんてことは……」

「いえ、それが私の偏見だったと思うんです。だから並木補佐も、なんだかんだ言って、結局は別れちゃうんだろうなあって勝手に思ってました。ごめんなさい」

並木は目の前で頭を下げている中島をまじまじと見つめる。

「あっ、こんなこと言ってるとよけい失礼かもしれませんね。自分でも変だと思います。でも私、なんだか並木さんにだけはちゃんと言っておきたくて」

普段は無口で、不敵とさえ言えるほどの貫禄《かんろく》を放っている――と自分が勝手に思っていた――彼女が、ここまで繊細な感受性を持っていたとは。

「いや、ぼくの方こそ失礼だった」

「え？」

説明を省いて結論だけを告げてしまった。しかし最初から説明するのも気恥ずかしいし、よけいに失礼な気もする。

「言ってくれてよかった。君が薄々感じていた通り、ぼくは無知で傲慢で、その上偏見もたくさん持っていた。今でもそうだろうと思う。いろいろあったのは確かだけど、ともかく今は、これからの生活を楽しみにしてるんだ。それだけは本当だよ」

「あっ、私、順番を間違えましたね。まずはお祝いの方を先に言うべきでした。本当におめでとうございます」

「ありがとう」

「どうかお幸せに」

「うん。がんばる」

そう応じると、中島はにっこりと笑って自席へと戻っていった。いつものクールさからは想像もできない笑顔だった。

そのとき並木は、部下と初めて人間らしい心の交流を持ったという確固とした手応えのようなものを感じていた。

初めてじゃないか、こんなこと――

自分のパソコンに向かっても、しばらくはとりとめのない感慨が胸の中で交錯していた。嬉しいような、そして、どこか寂しいような。

慧琳との暮らしも変わることなく続いている。

同棲生活のパターンもそのままで、新しい命を宿した彼女の腹部は、日ごとに頼もしく大きくなっていった。

彼女ならきっといい母親になれる。そう強くイメージできた。

無理はしなくていいよと言ってはいるのだが、彼女はそれまでのように食事と弁当を作ってくれる。味も変わらず食が進む。

当面は同じマンションに住んで、折を見てもっと広い物件に引っ越そうと話し合った。なにしろ家族が増えるのだ。将来に備えて、狭くてももう一部屋あるようなマンションが好ましい。

そんな話を二人でするのは実に楽しい。

オリジナルの原稿は一枚残らずガスコンロで火を点《つ》け、完全な灰にしてからトイレに流した。日中のどちらからもオリジナルを渡せとは言われなかったし、どちらに渡しても禍根が残りそうで恐ろしい。原稿自体の意味が消滅したのだから、こうして始末するのが一番だと思った。渦を巻いて流れ去る灰を見つめ、せいせいしたというか、やっと重荷を下ろしたような気分になれた。

遺稿集を世に知られることなく処分されて、もしかしたら亡くなった作者は悲嘆に暮れているかもしれないが、それについてはあの世で詫びるしかない。慧琳はついでに「つまらなかった」と感想を伝えたいと言っていた。「それはやめとけ」と真顔で止めた。

秋葉原で買ってきた盗聴装置の探知機は、捨てられずに取ってある。

花見沢剛太郎に釘《くぎ》を刺され、公安も国安も手を引いたはずだ。それでも一度国家機関に目を付けられたという恐怖は簡単に拭い去ることができなかった。

同じマンションの一階下に越してきた住民がどうも怪しく思われてならない。コンビニで買い物をしていても、ふと周囲の視線を意識して店内を見回してみたりする。カップ麺を物色しているあの男も、スナック菓子を手に取っているあの女も、雑誌を立ち読みしているあの少年も、みんな機関員ではないかという気がしてくる。レジの中の店員に至っては中国人だ。

客観的に見れば、そうした自分の挙動こそが不審であるとは分かっている。しかし前触れもなく襲いかかってくるこの不安感には、対処するすべを持たなかった。慧琳もまた、自分も同じような状態になることがあると言葉少なに語っていた。

公務員としての仕事は今のところなんら変わることなく続けられてはいるが、いつスパイのレッテルを貼られ、農水省を放り出されるかしれないと思うと、いても立ってもいられなくなる。正直に言って、妻子を抱えた身でこの時代に公務員としての職を失うのは恐怖以外の何物でもない。その点は山田――本名は今も知らない――が何度も言っていた通りだ。

ごくまれにだが、慧琳は夜中に悲鳴を上げて飛び起きることがある。機関員に捕らえられ、強制送還される夢を見るのだという。逆に彼女の話では、自分もまた夜中に汗をじっとりと浮かべてうなされているらしい。

自分の悪夢はさておいて、並木が現実問題として心配するのは、そうした母親のトラウマが胎児に悪い影響を与えるのではないかということだった。しかしこればかりはどうしようもない。生まれてくる子の健康を二人で祈るばかりである。

堅実な、それでいてままごとの延長でしかないような、どこかふわふわとした日々の暮らしの折々に、並木は慧琳と話し合った。

自分達がいかに幸運であったかということを。

一つ間違えば、二人とも最悪の結末を迎えていてもおかしくはなかったということを。

宋佳さんにはいくら感謝してもし足りないということを。

その宋佳という女性が、かつて花見沢剛太郎と過ごした日々については、あえて二人とも触れなかった。そのように申し合わせたわけではない。しかし慧琳も自分と同じように考えていることは容易に想像できる。

なんと言っても、慧琳もまた宋佳と同じハニートラップ要員であったからだ。そんなことにはもう触れない方がいいに決まっている。

率直に言って、並木はそれまで花見沢剛太郎という政治家に好感を持ってはいなかった。

親中派。あるいは媚中派《びちゅう》。ネットにあふれるにわか右翼の床屋政談では売国奴。そう称されることの多い人物だ。旧弊な利権第一の典型的政治家だとなんの疑いもなく信じていた。それらはあながち間違いであるとも言い切れないだろう。だが人間には違う側面がある。その人だけの歴史がある。そのことを、宋佳と花見沢によって教えられた。

並木は漠然と考える。時には明瞭に意識する。宋佳や花見沢が生きた時代は今とは違う。今に生きる自分達は、今の価値観で、互いを思いやることができるのだろうか。

できようとできまいと関係ない。自分は何があっても慧琳と生きる。それが宋佳との約束だった。破るつもりは毛頭ない。それでも考えずにはいられない。

慧琳も同じであるのだろう。いつも笑顔でいる彼女が、ややもすると、暗く沈んだ横顔を見せ窓から外を眺めている。慧琳のそんな様子を見かけたときは、こちらから声をかけて近くのカフェに行く。並木はカフェオレを、慧琳はカフェインレスの紅茶とチーズケーキを注文する。

そして将来について語り合う。

どこに住もうか。

どんな家がいいか。

子供の名前はどうしようか。

話していると心が弾む。決して現実逃避ではない。そう自分に言い聞かせる。

時にはケンカだってする。ほんのちょっとした行き違いで口論になったり、反対に口をきかなくなったりする。気のせいか、その回数は以前より増えているように思う。

当たり前だろう。それまで他人であった二人が家族になるのだ。価値観の違い、生活習慣の違いは避けられない。

それに、国の違い。

またも国だ。危機は脱したはずなのに、根本的な不安がついて回る。

自分達は本当にこの先も愛し合っていけるのか。日本人と中国人が。

自分達が破局を迎えたとき、すなわち宋佳との約定を破ったとき。そのときこそ真の破滅が訪れる。それはある意味、呪縛ではないのか。

そんなの、愛し合っていればいいだけじゃない──慧琳はそう言って笑い飛ばす。

その通りだ。

並木は改めて思う。自分の選択は間違っていなかった。慧琳と、生まれてくる子がいれば、何があっても生きていける。

ケンカくらいするよね、人間だから──並木もそう笑い返す。

そうやって人は生きていくものなのだろう。いつの時代であろうとも。


特別に休みを取って、二人で江東区役所に婚姻届を出しに行った。雨のそぼ降る木曜だった。

手続きは無事に済んで、来たときと同じく二人一緒に帰途に就いた。窓口の係員は徹頭徹尾無愛想で不必要なことは一切口にしなかったが、たまたま近くにいた見知らぬ中年女性が目を細めて「おめでとう」と言ってくれた。その一言に、慧琳はとても喜んでいた。

ともかくも、これで自分達は名実ともに夫婦である。

上司の栗原課長には「出世のためにも式くらいはやっとくもんだぞ」と散々説教されたが、

慧琳の両親が出席できないことを口実になんとか追及をかわした。

荷物は並木が持った。傘を手に、霧雨の中を二人並んでゆっくり歩いた。慧琳の腹はだいぶ大きくなっていた。

定期健診によると、子供は順調に育っているという。慧琳は愛おしそうに空いている手で自分の腹を撫でている。

「どこかでお茶でも飲んでいこうか」

そう話しかけた途端、傘がずれて雨が数滴、並木の顔を打った。

「大丈夫？　濡れたんじゃない？」

「大丈夫だよ。ちょっと顔にかかっただけさ」

顔に掛かった雨滴が頬を伝い、口に入った。なぜか苦い味がした。

その苦さに、並木は昨夜も見た悪夢を思い出す。同じ夢だ。もう何度目になるだろう。

それは、慧琳に裏切られる夢だった。

自分はやっぱり騙されていた――すべてが欺瞞であり、罠だった――国という得体の知れないもの――ハニートラップの女を信用する方がどうかしている――

左腕に温もりを感じて我に返る。

自分の腕を取って、慧琳がこちらを見上げていた。

その笑顔に、並木は雨に冷えた心が何か大きなもので満たされるのを感じる。

自分の手を取ってくれる人が側にいる。その手はもう放さない。この暖かさを逃すなんて、それこそ馬鹿だ。

調子に乗って大きく足を踏み出す。

「待って、わたし、そんな早く歩けない」

「あ、ごめんごめん」

謝りながら歩調を落とす。

「どうしたの、急に」

「いや、なんでもない」

そう言ってから、我知らず心の内を口にしていた。

「雨って、苦いんだな」

「え、なにそれ？」

「……え？」

「雨がなんとかって」

「そんなこと、言った？」

「言ってたわ」

「そうか」

それきり黙って、並木は慧琳と腕を組んだまま歩く。彼女もそれ以上は尋ねてこなかった。

「ねえ、知ってる？」

唐突に慧琳が言った。

「この雨、明日には晴れるんだって」

たわいもない言葉であった。そのたわいのなさが、なぜだか今は無性に嬉しかった。

「本当かい」

「本当。いえ、たぶん本当」

たぶん本当――たぶん――

「そうか、そりゃあいいなあ。明日は雨じゃないんだね」

明日が雨でなかったら何がいいのか。そんなことすら定かでない。

いいんだ、それで――

灰色に煙って見通しの利かない雨の歩道を、並木は慧琳と並んでどこまでも歩き続けた。

初出
「Ｗｅｂジェイ・ノベル」配信
二〇二〇年一二月から二〇二一年五月まで連載。
単行本化にあたり、加筆、修正を行いました。

本作はフィクションです。実在の個人、団体、事件とは一切関係ありません。

（編集部）

装画　ヒラノトシユキ
装丁　印南貴行（MARUC）

[著者略歴]
月村了衛（つきむら・りょうえ）
1963年、大阪府生まれ。早稲田大学第一文学部文芸学科卒。2010年『機龍警察』で小説家デビュー。12年『機龍警察 自爆条項』で第33回日本SF大賞、13年『機龍警察 暗黒市場』で第34回吉川英治文学新人賞、15年『コルトM1851残月』で第17回大藪春彦賞、『土漠の花』で第68回日本推理作家協会賞、19年『欺す衆生』で第10回山田風太郎賞を受賞。近著に『暗鬼夜行』『奈落で踊れ』『白日』『非弁護人』『機龍警察 白骨街道』などがある。

ビタートラップ

2021年11月5日　初版第1刷発行

著　者／月村了衛
発行者／岩野裕一
発行所／株式会社実業之日本社
〒107-0062
東京都港区南青山5-4-30　CoSTUME NATIONAL Aoyama Complex 2F
電話（編集）03-6809-0473　（販売）03-6809-0495
https://www.j-n.co.jp/
小社のプライバシー・ポリシーは上記ホームページをご覧ください。

ＤＴＰ／ラッシュ
印刷所／大日本印刷株式会社
製本所／大日本印刷株式会社

ISBN978-4-408-53796-2（第二文芸）